徳間文庫

藻《も》屑《くず》蟹《がに》

赤松利市

徳間書店

1

一号機が爆発した。セシウムを大量に含んだ白煙が、巨象に似た塊になって、ゆっくりと地を這《は》った。翌々日、三号機が爆発した。閃光《せんこう》が奔《はし》り、空高く、キノコ雲を思わせる黒煙が舞い上がった。

無音の映像を繰り返し流すテレビを、俺は、現場から五〇キロと離れていない、C市の、一人暮らしを始めたばかりのアパートで見ていた。前の月に店長に昇格した飲み屋街のパチンコ店は、地震と津波で臨時休業だった。大変なことが起こっているという感覚はあったが、焦《あせ》るとか暗い気持ちになるとか、そんなネガティブな感情は湧《わ》き上がらなかった。

むしろ愉快《ゆかい》な気持ちにさえなっていた。愉快といっても、笑いがこみ上げるとかではなく、じんわりと気持ちが温かくなるような、そんな感じだった。

それは、沿岸部を襲った津波の映像を繰り返し見せられて芽生えた感情だった。その感情が、原発の爆発で、決定的になった。日本が滅びるとネットで煽《あお》る奴がいた。外国人の帰国ラッシュを伝えるニュースもあった。アメリカ軍でさえ、トモダチ作戦を放り出して、三陸沖八〇キロ圏外に避難した。垂れ流しとも思える映像を見ながら、俺は思った。何かが変わる。変わらざるを得ない。眠る前の布団の中で「ザマアミロ」と、意味もなく呟《つぶや》いてみたりした。

高校を卒業して、地元のパチンコ店に就職した。最初は、時給八百十円のアルバイトだった。どういう具合か、社長に気に入られた。やがて準社員に登用された。十年勤めて、体がきつくなったという理由で辞めた店長の後釜《あとがま》に据《す》えられた。時給が月給に変わった。手取りで二十三万円だった。二十七歳という年齢で、地方では、けっして悪い給料ではなかった。同期の奴らの中でも収入はいい方だったが、地元に一店舗だけが営業するパチンコ店で、それ以上昇給する見込みもなく、それ以上のポストがあるわけでもなく、俺はある意味人生を諦《あきら》めていた。このまま老いるのだと、辞めた店長のように、毎日を浪費する気になっていた。結婚など、かったるくて考えることもできなかった。

津波が東北沿岸を襲った時、何かの予感めいたものを感じた。原発建屋《たてや》の爆発でそれが確信に変わった。何かが変わる。変わらなければ嘘だ。そんな気がした。何がどう変わるのか、そんなことはわからないが、変わるという実感に、繰り返し繰り返し、全身が粟立った。

変化は確かに訪れた。原発事故からしばらくして、さびれた街に人が溢《あふ》れ始めた。勤めるパチンコ店で、最初にそれを実感した。休日でもないのに朝から客が詰めかけた。社長は、営業時間を早朝から深夜にまで延長した。開店から閉店まで、客足が途絶えなくなった。近くにある風俗店も、午前中から、看板の電飾に灯《あか》りを入れるようになった。昼間から、酔っ払いを目にするようになった。

町に流れ込んできたのは、復興事業目当ての土木作業員だった。こいつらは、まだましだった。それなりに立場を弁《わきま》えていた。次に流れ込んできたのが、除染作業員だった。ただ作業服を着ているだけの、みすぼらしい連中だった。そして除染作業員以上に俺らの神経を逆なでしたのが、原発避難民だった。

ある夜、いつものように、工業高校のツレらと集まった。俺を含めて四人、集まったのは、全国展開するファミレスだった。ゆったりとしたテーブルがあって、喫煙コーナーもあって、ドリンクバーを頼めば、アルコール以外は飲み放題なので、俺たちが集まる場所といえば、たいていそのファミレスだった。

「原発作業員にでもなるか」

ゲタがポツリと言った。派手な出歯だから、ゲタと呼ばれていた。おっぱいクラブ。ディープキスとおっぱいのおさわりを売りにしている店で、ゲタは呼び込みをやっていた。下半身のおさわりは厳禁の店だった。

「かなり貰《もら》えるらしいな」

応えたのは、俺たちが溜《た》まり場にしているファミレスの、キッチンで働いているトモだった。クルーと呼ばれているが、要はアルバイトだ。トモが給料日に貰《もら》う、全品二割引きの社員割引券を、俺たちは重宝していた。話をしているうちに、だんだん盛り上がって、それならジュンを呼んで話を聞かないかということになった。

そのころ俺たちは、金が欲しくて堪《たま》らなかった。会うとその話になった。何を買いたいとか、何をしたいとか、そんなことではない。ただ、今を変える金が欲しかった。

原発事故で変わると思った世間は、俺たちとは無縁だった。相変わらず俺たちは、自分の、大切なはずの時間を切り売りしながら、毎日を、何の当てもなく過ごしていた。

このまま齢《とし》をとってしまうのか――

一人でいる時、不意に、そんな想いが頭をよぎる。そのことを仲間と話し合うことはなかったが、仲間たちも同じようなものだろう。変わらない毎日で、砂時計の砂が落ちるように、確実に齢だけは重ねていく。それが俺たちの変わりようのない日常だ。

変わったに違いない奴らもいた。原発避難民だ。人口三十四万人のC市に流れ込んだ原発避難民は、二万三千人だった。彼らはれっきとした被害者で、その意味では、面と向かってどころか、陰で悪口を口にするのも憚《はばか》られたが、俺たちの、連中に対する鬱屈《うっくつ》は溜まりに溜まっていた。

俺たちをイラつかせているのは、彼らが受け取る補償金だった。ざっと俺が聞いた話だけでも、奴らは、一人当たり、月に十万円の金を慰謝料としてもらっていた。四人家族で四十万円だ。しかも事故前の収入が補償されていた。自己申告で補償されるのだ。「月に三十万円もらっていました」と申告すれば、特に調べることもなく、それが支払われた。それだけで、慰謝料とあわせて、月の収入が七十万円になるが、それだけじゃない。避難民は税金を免除された。住宅補助が六万円もらえた。仮設住宅に住めば家賃はタダで、ひとり頭の慰謝料も、十万から十二万円に増額される。しかし薄壁一枚の仮設に住むより、六万円の住宅補助をもらって、アパートやマンション、借家を選ぶ避難民がほとんどだった。俺の住むアパートの家賃が、二間で一万二千円という土地だ。風呂はないが、それほど襤褸《ぼろ》というわけではない。六万円もあれば、結構な物件に住めるはずだ。それどころか、一時金を元手に、新築の家を建てる奴らさえいた。そのおかげで、C市の住宅事情は、かなり窮屈《きゅうくつ》なものになっていた。

原発避難民は医療費がタダだった。市の病院と歯医者は、避難民で溢れかえった。働いていないのだから、時間はどうとでもなる避難民だった。「収入があると、その分、補償が減額されるんですよ」地元テレビのインタビューで、ニヤついて、そんなふざけたことを言う奴がいた。それが働かない理由になることが、俺には理解できなかった。

持ち家を棄《す》てて避難した者には、二千万円の見舞金が配られただとか、農地の場合は一反あたりいくらだとか、牛や車を残してきた者にはいくらだとか、そのあたりのことは、よくはわからないが、かなりの金額がばら撒《ま》かれたのは間違いないようだった。単純計算で、原発避難民一人当たりの賠償額は、最低でも、四千五百万円になるという情報が、テレビで流れた。四人家族なら一億八千万円か。ネットには、一人当たりの補償額が、一億を超えると試算した書き込みもあった。賠償金の総額は、当初四兆五千億円とかいわれたが、新聞記事では六兆円だかに膨《ふく》れ上がったそうだ。

避難民は、賠償金を受け取るために、住民票を移動していない。正式な市民でもない奴らが、街の施設を我が物顔で占拠し、パチンコ店で遊び、飲み屋街で散財し、ソープをはしごし、高級車を乗り回しているさまを目の当たりにする。それが俺たちの日常の光景になった。下衆《げす》なことだとわかっていても、賠償金でパンパンに膨らんだ、奴らの懐具合を想像してしまう。そんな毎日が続き、俺はいつしか、札束の夢にうなされるようになった。金が、それもまとまった金が欲しいと、四六時中その思いに囚《とら》われるようになった。少し前まで普通の暮らしをしていた奴らが、俺と同じように地味に暮らしていた奴らが、大金を手にして、働きもしないで、同じ町中で、毎日毎日遊び暮らしているのだ。おかしくなって、当然だった。

「ジュンの奴、遅ぇな」

シモフリが言った。子供のころからの肥満体で、シモフリだ。バイト先を転々とし、今何をやっているのか、知らない。俺は腕時計に目をやった。雑貨店の店先のワゴンセールで買った、千円の腕時計だ。千円でも、健気《けなげ》に時刻を刻む腕時計だ。午後九時を少し回っていた。明日は朝一から仕事が入っていた。

「仕方がないだろ。突然の呼び出しなんだ。来てくれるだけでありがたいじゃないか」

小井戸純也《こいどじゅんや》。俺たちの仲間の出世頭だ。原発事故から六年が経《た》って、俺たちは三十三歳になっていた。何も成長していなかった。純也だけは社会の階段を上がっていた。

純也は工業高校時代、俺と同じ剣道部に籍を置いていた。俺が主将で純也が副主将だった。純也は工業高校卒業と同時に、地元の工務店に就職した。工務店といっても、個人の家を相手にするのではなく、原発のプラント工事の下請けをやり、その後は保守点検を請け負っている会社だった。職人を中心とした社員も、二十人を超える会社だった。

純也は五年前、原発事故の翌年、二十八歳で、九つも年下の可愛い嫁さんをもらった。社長の愛娘《まなむすめ》だった。好青年の純也と、おぼこい花嫁は、絵に描いたような新郎新婦だった。

結婚式に呼ばれて、俺は正直びびった。俺たち以外は、ちゃんとした大人ばかりの結婚式だった。仲人は東京電力の課長だった。俺は初めて、エリートといわれる人間を目の当たりにした。誂《あつら》えと思える礼服を着た東電の課長は、オーラがまるで違った。俺たちも借り物の礼服を着ていたが、課長に比べると、まるで七五三の装いだった。それまでにも仲間内で結婚した奴はいたが、まともな式を挙げた奴なんて、ひとりもいなかった。それだけに、純也の結婚式は強烈だった。

九時半に、純也がファミレスに顔を出した。マグロとシラスの三色丼を頼んだ。トモによると、残る一色はもみ海苔らしい。いつも純也はそれを注文した。注文端末を持った女店員が、マニュアルどおり注文を復唱して、席を離れた。

「原発作業員ってどうなのよ?」

前振りもなく、ゲタが話を振った。

「どうなのって？」

「だから、収入面とかさ」俺がゲタを引き継いで質問した。ほかの奴らが身を乗り出す気配がした。「俺が勤めているパチンコ屋にも、昼間から顔を出して、それなりの金を吐き出していく奴が何人かいるんだよな。除染の奴らとは雰囲気が違う。土木でもない。あれは原発作業員だ。奴ら、そんなに儲《もう》かるのかよ」

「おっぱいにも来る。けっこう平気で延長するんだ」

ゲタが言った。純也と違い、全員がバイト先を転々とする連中だった。パチンコ店とはいえ、月給取りの俺なんかより、さらに哀れな連中だった。もう少しまとまった収入が欲しいと思っているのは、明らかだった。俺の給料は、震災後の繁盛で、二十八万円に上がっていたが、営業時間が増えた分、仕事もきつくなっていた。店長は管理職だという理由で、残業手当は出なかった。もともと月に三十時間までの超過勤務は、店長手当に含まれるという約束だった。三十時間どころか、俺の残業は百時間を軽く超えた。時給で計算すれば、むしろ震災前より、目減りしたのではないかと思えた。原発作業員に関しては、ほとんど情報がなかった。かなり貰えるらしい、かなりきついし危険らしい、死人も出ているらしい、その程度の情報しか知らない俺たちだった。

「俺、スマホの求人で、時給七千円っていうのを見つけたぞ」ゲタが言った。

「それって、日当にすると五万六千円じゃないか」シモフリが引き継いだ。

「月に百万超えるのかよ」トモが大きな声を出した。俄《にわ》かに俺たちのテーブルが沸《わ》き立った。純也が苦笑しながら首を横に振った。

「確かに、そんな時給設定もあるけど、日に八時間働けるわけじゃない。タイベック知っているよな」

「あの白い防護服だな」俺の言葉に純也が肯いた。

「あれを二枚重ねで着て、防護マスクをして、綿手にビニ手を重ねてはめて、冷房どころか風もない建屋の中で作業してみろ。八時間なんて不可能だ。最大四時間かな。夏場は実作業時間が一時間ってこともある。被ばくして死人が出たみたいな噂もあるが、あれは熱中症だ。年寄りなんか、簡単に持って行かれる」

「四時間か。それでも日当二万八千円じゃないか」ゲタが鼻の穴を膨らませた。

「月に五十万を超えるじゃないか」トモが言った。「五十万の給料なんて夢のまた夢だぞ。月に五十万なら、年収六百万じゃないか」

俺たちの興奮は冷めようがなかった。純也が呆《あき》れ顔になった。

「食える線量に限度があるんだ」純也が言った。諭《さと》すような口調だった。

「なんだよ、それ」

訊《たず》ねた俺に、純也が笑顔で応えた。何も知らないで盛り上がっている俺たちを、馬鹿にする笑顔だった。

「被ばくの限度だ。年間二〇ミリシーベルト被ばくをすると、次の年度の四月一日まで、働くことができなくなる。建屋の線量が高い場所で作業したら、二ヶ月くらいで、それくらいの線量、余裕で食っちまう」

「タイベックとかいう、防護服を着ていても被ばくするのかよ」

「タイベックは、汚染された塵《ちり》とかを持ち出さないために着ているんだ。使い捨てだ。あんなもん、ガンマ線は簡単に突き抜ける」

意気消沈した俺たちに、とどめを刺すように純也が話を続けた。純也の話によると、ネットの募集広告どころか、ハローワークで検索できる募集内容でさえ、当てにならないらしい。とりあえず人集めしておこうという会社がほとんどで、採用されて現地に行っても、仕事がいつ入るか全く不透明だと言った。

「寮に缶詰にされる。余所《よそ》に行かないよう、囲い込まれるんだ。仕事はなくても、寮費はとられる。その寮だって、六畳に八人詰め込むような、とんでもないもんだし、そんな人数で、見知らぬおっさんらと共同生活するきつさは、半端じゃないぞ。トイレや風呂がドロドロになるらしい。鼾《いびき》、歯ぎしり、寝言もストレスだ。よほどしっかりしたルートがない限り、募集なんかに乗せられて動いたら、とんでもない目に遭う」

俺たちは黙り込んだ。それでも俺は諦めきれずに純也に訊ねた。「おまえの会社が、しっかりしたルートじゃないのか」

俺はどうしても稼ぎたかった。稼いだ金で何を買いたいとか、何をしたいというのではなかった。悪い夢から逃れるために、俺は稼ぎたかった。

そのころ俺は、毎日のように金の夢を見た。札束の夢だ。札束がそこにある。手を伸ばせば届く距離だ。しかしそれは俺の金ではない。たまらずに目を背けると、そこにも札束が転がっている。俺のではない札束だ。そんな札束が、足元のそこかしこに転がっている。足元だけじゃない。あたり一面、俺は札束に囲まれている。自分のものではない札束に囲まれて、俺は脂汗をタラタラと滴《したた》らせて、耳鳴りがして、動悸《どうき》に胸を痛くしている。何も考えられない。脳が鉛になったように、重たい。そのうち、鉛の脳が熱を持つ。脳自体の熱で、脳が、鉛が、溶け始める。寝汗をぐっしょりとかいて、飛び起きる。脳は熱いままだ。頭ではない。脳が熱い。

「うちの会社も、付き合いで、第一に作業員を出しているけど、短期だ。だいたいは他の原発のプラント会社の下請けで、旅仕事をしている」

「おまえも第一に入ったんだよな」シモフリが純也に質問した。

「ああ、事故直後の第一に、な」つまらなそうに純也が答えた。

その話は、純也の結婚式で、仲人を務めた東京電力の課長が明かした話だ。「この件は、公にできることではありませんが」と課長は切り出した。

「一年前の事故直後、私たちは現場作業員の確保という難題に頭を悩ませました。正直に言います。私などは、第一を放棄すべきだと考えました。そのことがもたらす重大な結果より、留《とど》まることを命令することなど、人間の判断力を超えていると思いました。しかし首相官邸からは、一切の撤退を認めないと、恫喝《どうかつ》にも近い言で責められていました」

課長は、目の縁を充血させていた。

「私たちは、プラントメーカーさんに、作業員の派遣を依頼しました。自分たちの責任を、プラントメーカーさんに丸投げしたのです。電話の向こうで、プラントメーカーの社長さんは『死にに行ってくれというのですか』と怒鳴り声をあげました。私は『そうです。死んでもいい人を選んでください』と答えました。随分ひどいことを言うものだと思われるかもしれませんが、言葉を選ぶことはしませんでした。それこそ責任逃れになります。私は、はっきりと『死んでもいい人を選んでください』とお願いしました」

電力の課長はそこまで言って項垂《うなだ》れた。項垂れたまま肩を震わせ始めた。課長のいきなりの告白に、水を打ったように静まり返った式場で、課長は嗚咽《おえつ》を堪えていた。

椅子が倒れるほどの勢いで、親族席の男が立ち上がった。純也の会社の社長だった。新婦の父親だ。マイクもなしに、社長が語り始めた。張りのある高い声だった。

「プラントメーカーさんの部長さんから、電話をいただきました。そして電力さんの意向を知りました。私は自分が行こうと思いました。建屋の爆発を知って、ほとんどの社員が会社に詰めていました。第一に行ってくる、と皆に告げました。皆は私を止めました。私は皆に言いました。電力さんは、死んでもいい人間を出してくれと言っている、社員を殺すわけにはいかない、だから私が行く、と。その時です。純也が笑いながら私に言いました。私は生涯を通じて、あれほど爽やかな笑顔を知りません」

純也はこう言ったらしい。

「駄目じゃないですか。社長が死んだら、会社はどうなるんです。俺が行きますよ。どうせ細かい技術がいる仕事なんて、今はないでしょ。力仕事ができる作業員が求められているんだと思います。社長も先輩の皆さんも、皆さんの技術と経験が必要な時が必ず来ますから、それまで動かないでください。とりあえず俺が行って、やれることやって来ます。俺が会社の道筋をつけてきます」

それだけ言って、純也は颯爽と会社を去ったらしい。俺がアパートで、福島第一原発の事故を伝えるテレビニュースを見ながら浮ついていた時、そんなことがあったのだ。

電力の課長が顔を上げた。真っ赤に目を泣き腫《は》らしていた。

「本日、僭越《せんえつ》ながら、私は、仲人の大任をやらせていただきたくお願いいたしました。その理由は、あのときのことの真相を、ご両家の皆様に打ち明けて、お詫《わ》びすると同時に、今後、新郎の純也君の将来については、私が仕事上の親代わりになり、どんなことがあっても、全力でサポートさせていただくことを、お約束するためです」

そして最後に付け加えた。

「彼こそは、新郎の純也君は、――あのフクシマ・フィフティーのひとりです」

その言葉に、静まり返っていた式場がにわかにどよめいた。

フクシマ・フィフティー。

事故直後の福島第一原発を、命さえ顧《かえり》みずに守った、消防士や作業員たちに贈られた称号だ。世界中のマスコミが、絶大な賛辞を彼らに送った。ただしその具体的な人物像は、ずっと秘密にされてきた。

純也の会社の社長も、電力の課長に負けないくらい涙を流していた。そして課長の言葉を補足した。「ドイツでは、純也らのことを、赤穂浪士四十七士になぞらえて『真のサムライ』と呼びました。フランスのテレビ局は、純也らのことを『顔が知れない英雄たち』と讃《たた》えました。中国では、純也らを『福島五十死士』と名付けました。スペインからは、最高の栄誉とされるスペイン皇太子賞が贈られました。純也は、皆さんが世界に誇るべき人物です」会場全体が息をのむ気配がした。

——俺はファミレスの席で、結婚式のことを思い出して、しばらくぼんやりしていた。電力の課長と純也の会社の社長の話を聞いて、俺も涙ぐんだ。俺だけではない。式場に列席していた全員が、あの日泣いていた。

「危険手当とか、だいぶんもらったんじゃないか」

上目づかいでゲタが訊ねた。結婚式には二次会、三次会とあったが、誰も、純也がフクシマ・フィフティーだったことを話題にする人間はいなかった。あのころは、それくらい重たい話だった。原発事故から六年経った今だからこそ、訊《き》けることだった。

「うーん。もらったといえば、もらったな」純也が言葉を濁《にご》らせた。「——別に口止めされているわけじゃないけど」

俺たちは黙って、続く純也の言葉を待った。

「電力さんからじゃなく、社長からもらったんだ」

純也が右手の人差し指を立てた。

「一千万か？」

確認した俺の声が無様《ぶざま》にかすれた。純也がはにかんで肯いた。今夜も札束の夢にうなされるなと俺は思った。

いつもの夢の景色に、いつもとは違う札束が転がっていた。その札束は、印刷された連番が読み取れるほど、くっきりと輪郭を持っていた。インクの臭いさえ嗅《か》げるようだった。純也の一千万だと俺は理解した。つま先が触れるほどの足元に転がるそれを、俺は凝視した。もちろん手を伸ばすことはできない。耐え難い渇きを覚えて喉がひりついた。ひどい耳鳴りがした。耳鳴りはどんどん大きくなった。最初は、蟬《せみ》しぐれが降ってくるようだった。いつしか耳の奥に、蟬が潜り込んでいるほどに感じた。やがてそれは、ジェット機の硬質な爆音になった。質量を感じさせる爆音だった。さらに大きくなって、俺は完全な無音に包まれた。爆音が耳を聾《ろう》する無音だ。それでも俺は、純也の札束を凝視した。それを手にしたいと渇望《かつぼう》した。

給料の半額を貯金に回せば、六年もかからずに貯められる金額だ。暇があれば、携帯の電卓で何度も計算した。六年間節約生活をすれば、手の届かない金額ではないと承知はしているし、そう考えれば、夢のような金額ではないのかもしれない。しかしおそらく俺の人生で、その金額を、札束にして手にすることはないだろう。俺だけじゃない。俺くらいのたいていの奴の人生は、そんなものだ。盛大な耳鳴りに押し潰《つぶ》されそうになりながら、俺は、純也の一千万の札束を凝視していた。動悸《どうき》が激しくなって、目が霞《かす》んでも、その札束から、目を背けることができないでいた。金が欲しい。まとまった金が欲しい。札束をこの手で鷲摑《わしづか》みにしたい。また俺の脳が熱を帯び始めた。

二日後、純也から携帯に連絡があった。俺が仕事中だと気を回したのか、メールだった。今夜、ファミレスで会えないかという誘いだった。二十三時過ぎなら仕事終わりに寄れると返信した。『了解』と、短い返信が来た。俺は、店の仕舞をチーフに任せ、二十三時三十分にファミレスに着いた。店は家族連れを中心に、八割ほどの込み具合だった。そいつら全員が原発避難民に思えた。こんな時間に、飯も作らないでファミレスで飯かよ。ファミレスごときの支払いは、避難民様にとっちゃ何でもないか。俺は内心で毒づいた。

同じ日の昼間のことだった。パチンコ店の休み時間、俺は夜食のカップ麵の調達に、仕事場近くのスーパーに買い出しに行った。俺の仕事終わりには、閉店している地元スーパーだった。レジにはかなりの人間が並んでいた。その人の列を気にかける風もなく、ひとりのおばさんが割り込んできた。若い主婦らしい女に割り込みを咎《とが》められて、おばさんが激した。「私たちは、故郷を追われて避難してきているのよ。少しは優しくしなさいよ」イラついた声でほざきやがった。おばさんを咎めた若い女は、口ごたえもせず俯《うつむ》いた。レジの店員も、複雑な顔でレジを打ち始めた。

店員がレジを通しているのは、高級ステーキ肉とかマグロの刺身とかだった。五千円という値札が貼られた肉が、四枚もあった。おばさんを咎めた若い女のレジ籠《かご》には、一キロで八百円の特売豚バラ肉が入れられていた。

「ねぇ、知ってる」とおばさんが店員に語りかけた。おばさんがイラついた声のまま口にしたのは、C市の少し北にある町の名前だった。「線量が下がったから、帰還できるらしいのよ。帰還したら賠償金が打ち切られるのよ。何をいまさらだわよね。政府も東電もどれだけ無責任なのよ。あんなことがあったんだから、死ぬまで面倒見るのが、当たり前だと思わない」店員は無言で、顔を真っ赤に膨らませて、肯きもしなかった。

去年、原発事故から五年が経って、避難指示が徐々に解除され、避難民の帰還事業が進められた。中には早々に帰還して、地元で定食屋を再開したりする避難民もいたが、避難解除を快く思わない避難民もいた。日本各地で、避難民による集会が開かれた。どれも避難解除の不当を訴えるものだった。避難地区では、解体業者の手に余るほど、住宅の解体申請が寄せられた。避難解除以前に、住宅を解体していれば、住宅の解体費用はもちろんのこと、新たな賠償金も支給されると知った避難民たちの解体申請だった。「故郷に帰りたい」「住み慣れた我が家で、暮らしたい」と、あれほど声高に訴えていた避難民たちが、いざ帰れるとなった途端、自宅を取り潰そうと動き始めたのだ。それでも避難民は、憐れむべき被害者で、それを公然と非難することはできない。いつまで経っても、出て行こうとしない避難民に対する俺たちの感情は、益々根深いものになった。

純也は先に来ていて、奥の席でいつもの三色丼を食べていた。同じものを注文した。

「この間の話だけど」

俺の三色丼が配膳《はいぜん》される前に、純也が口火を切った。純也の話は、純也が南相馬《みなみそうま》市で携わっている農地除染の話だった。南相馬は、第一原発を挟んでC市の反対側、北にある街だ。市の一部は二〇キロ圏内にあって、最近まで立ち入りが規制されていた。農地除染の元請けは、スーパーゼネコンで、純也の会社は、一次下請けとして作業員を出していると言う。純也の仕事は、二次下請けの作業員たちを管理する仕事だった。純也の会社から派遣されているのは、純也ひとりで、今度、下請けから五人が追加されて、手が回らなくなりそうなので、仕事を手伝ってくれないかという申し出だった。「月に片手でどうだ。

月末締めで、翌月の十日に支払う」純也が言った。片手ということは、五十万ということか。

「南相馬の現場は、俺個人に振られた現場なんだ」仲人を務めた電力の課長の口利きで、除染や土木に関しては、何の実績もない純也の会社が、一次下請けにもぐり込めた現場だと純也が説明した。「だから俺の現場だ。同じ会社の他の奴に任せる気はない」と付け加えた。純也の顔が歪《ゆが》んで見えた。

「おまえ、売り上げから抜いているのか」

ふと思って問い質《ただ》した。純也が不敵に笑った。その笑顔が俺の疑いを認めていた。

「仲間にしてやろうって言っているんだ」純也が嘯《うそぶ》いた。「パチンコ屋の店長じゃ、収入はたかが知れているだろう。とりあえずは五十だが、働き次第じゃ、追加も考えなくはない」俺を十分に不愉快にさせる、上から目線の口調だった。

俺は判断を下せなかった。

「決心しろよ。おまえがやらないんだったら、ほかの奴に振っても構わないんだ」

純也が判断を迫った。俺はギリギリのところで踏み止まった。そして言った。

「要は、おまえの悪事の片棒を担《かつ》げということだな」

その言葉に、顔を歪めた純也が、露骨に目を背けてわざとらしい溜息を吐いた。

「何が悪事だよ。ガキか。わかった風な口を利くなよ。俺はちゃんと会社に利益を落としているんだ。ひとんちの庭先で、でかい顔をしている避難民に比べりゃ、はるかにましじゃないか」

純也の言葉に、スーパーのレジに割り込んだおばさんの顔が浮かんだ。目の前の純也も、さして変わらない醜い顔をしていると思った。金を手にするためには、同じ面構えにならなくてはならないのかと、嫌悪を覚えた。

「金が欲しいんだろ。この前の集まりだって、原発作業員になって、金を稼ぎたいから、俺に声をかけたんだろ」

嘲《あざけ》る笑いを、純也が浮かべた。三色丼を半分くらい残して、タバコに火をつけた。ゆっくりと吸ったそれを、灰皿ではなく、三色丼に埋め潰した。

「不味《まず》い飯だ。こんなものをありがたがっている奴らの気がしれない」

そこまでが、俺の限界だった。これ以上交渉しようとして、せっかくの儲け話が、手から零《こぼ》れ落ちてしまうことを俺は恐れた。純也や避難民に対する嫌悪感はそのままで、俺は純也の申し出を受けることを決めていた。

翌日、パチンコ店に辞表を出した。社長は「困るよ」を連発したが、「今度のところは月に五十万貰えるんです」と俺が言うと、黙り込んでしまった。そして「帰って来ることがあったら、連絡ちょうだいね。いつでも、僕はウエルカムだから」と、おもねる口調で言った。社長にはずいぶん目をかけてもらった。ちょっと胸が痛んだ。

三日後、荷物をまとめて南相馬市に移動した。荷物といっても着替えとお気に入りの文庫本くらいで、テレビ、冷蔵庫、洗濯機、布団などのかさばるものは、リサイクル屋を呼んで、二束三文で引き取ってもらった。純也の話ではテレビ、エアコン、ベッド付きの宿舎があるということだったので、手当たり次第という感じで処分した。百冊ほど溜まっていた文庫本は、鞄に入れた数冊を残して、古本屋に売った。

鞄一つを助手席に放り込んで、二年前、中古で買ったミニバンで、慣れ親しんだC市を後にした。思ったほど、気持ちが高揚していなかった。むしろモヤモヤとしたものが、俺の胸を塞《ふさ》いでいた。これから手にする金のことだけに、考えを集中しようとしたが、気持ちは晴れなかった。

新しい土地で、除染作業の管理を手伝うものだとばかり思っていたが、違った。ただし元請けのゼネコンが用意した、作業員宿舎に入ってもらう必要があると言われた。そのためには、作業員登録をしなくてはならなかった。その日のうちに手続きできないと知って、俺はたちまち、その夜の寝場所に窮した。ネカフェにでも泊まると言った俺を、純也は仙台に誘った。

案内されたのは、仙台市内のマンションの一室だった。純也の仕事終わりを待って、一時間少しの距離、高速を飛ばして部屋に辿《たど》り着いたときには、夜の八時を回っていた。

「借りているんだ。自宅に帰らないときは、週に三日くらい、ここで寝泊まりしている」

純也は事もなげに言った。俺は３ＬＤＫの小奇麗なマンションに面食らった。そしてそれ以上に驚かされたのは、そのマンションに女の気配を感じたことだった。

「女と暮らしている」動揺した俺に純也が言った。純也の、嫁のおぼこ顔を思い出した。

「いずれは、仙台で店をやらせるつもりだ。今は、その資金稼ぎの時期だ」

「社長の娘はどうすんだよ」

ケッと純也が肩をすくめた。

「あんなションベン臭い女、知るかよ。婿養子に入ったわけでもないのに、社長夫婦と同居なんだぜ。いずれは俺に、会社継いでくれって、勝手なことぬかしやがって」

純也が大型冷蔵庫から缶ビールを二本取り出して、一本を俺に差し出した。

「今夜は歓迎会だ。牛タンを食ってから、女が勤めるクラブに連れて行ってやる」

そう言って、ソファーに座りこんで大股を開いた。その格好で、女に股間をしゃぶらせている純也の姿が脳に浮かんだ。俺は自分の下卑《げび》た妄想を振り払うように頭を振った。

「俺はあいつらとは違う」

純也が強い口調で言った。

「あいつら?」

「補償金で、その日その日を、漫然《まんぜん》と暮らしている避難民だ。それと、他人の懐《ふところ》をやっかんで、イジイジしている地元の奴らだ」

こいつも避難民に毒されて、捻じれてしまったのか。毎晩、毎晩、札束の夢にうなされる自分と同じだと思った。

「とりあえず一億だ。キリのいいところで、飛んでやる」

自分に言い聞かせるように純也が言った。

翌日、作業員登録の手続きを終えて、純也に案内された作業員宿舎は、南相馬市の中心地から、車で三十分くらいの、辺りには民家もない、山の中にあった。『鉱泉《こうせん》の宿郷屋』という看板が掛けられていた。郷屋にサトノヤとカナが振られている鉱泉の宿は、かなり草臥《くたび》れた建物で、それに隣接する空き地に建てられた、二階建ての、真新しい三棟のプレハブが除染作業員の宿舎だった。俺に宛《あて》がわれた部屋は、二階の角部屋だった。三畳ほどの個室だ。シングルベッドと十四インチのテレビ、小型冷蔵庫で、ほぼ埋まってしまう部屋だった。

部屋に荷物を置いた後で、老人を紹介された。温厚というか、萎《しな》びて精気のない老人だった。「高橋禎伸《さだのぶ》さんだ」と純也が言った。俺のことは「新しい管理者です」と紹介した。剣道部で一緒だったこと、自分が副主将で俺が主将だったこと、こう見えてもなかなかの読書家なんですなどと、例の爽やかな笑顔で述べたりした。高橋老人は「ほう、ほう」と、純也の言葉に頷きながら、気の抜けた笑顔を終始崩さなかった。

「高橋さんは伝説の原発作業員なんだ」純也が言った。昭和四十年のころから、原発一筋に生きた高橋は、昭和四十六年、福島第一原発が営業運転を開始した時点で、今の社長の父親が経営していた純也の会社に招かれ、今も顧問《こもん》として在籍している。高橋は、一人、プレハブではなく『鉱泉の宿郷屋』の一室に泊まっていた。高橋との顔合わせが終わった後で、俺は紹介の間、ずっと抱えていた疑問を口にした。

「あの年齢で、除染作業なんかできるのかよ」

「七十二歳だ。できるわけないだろ。もう十年以上も前に、現場から離れているよ」鼻を鳴らして純也が答えた。「顧問と言えば聞こえはいいが、今は預かりの身だ。具体的な仕事もない。会社では、永久顧問と言っている。死ぬまで面倒を見ると、いかにもお人よしの、うちの社長の待遇の仕方だ。それだけ世話になったということだろうが、な。自宅もなければ、財産もない、家族もいない。まったく、五十年以上も原発作業員やっていて、何していたんだよ、と言いたくなるくらい、とろいオッサンだ」高橋の前では、腰を低くし、笑顔を崩さなかった純也だったが、手のひらを返したように、面倒臭そうな口調に変わっていた。「オッサンとは、事故直後の第一で、初めて会った。俺の会社の顧問だってことも、後で知った。なんでもオッサン、誰に言われたわけでもなく、爆発事故をテレビで知って、勝手に乗り込んできたらしい。すんなり入れる場所じゃないけど、オッサンは第一で有名人だった。諸手《もろて》を挙げて、歓迎された」

そこで純也は高橋に気に入られたと言う。以後成り行きで、社長からの依頼もあり、高橋の面倒を見ている。それがどうやら、次期社長の役割らしい。宿代は、純也の会社が負担し、月に十五万円ほどの顧問料も支払っている。

「原発事故で第一に乗り込んで、どこに所属しているわけでもなかったので、その時の報酬は、まともにもらっちゃいない。うちの会社を辞めた時に、それなりの慰労金は払われたみたいだが、原発避難民への義捐金《ぎえんきん》に、全部叩《はた》いたみたいだ。詳しくは言わないが、文無しだ。社長がポケットマネーで出している顧問料も、ほとんどは、義捐金に消えているようだ。避難民の奴らが、どんな暮らしをしているのか、オッサンに見せてやりたいよ」

純也が吐き捨てるように言った。「ニコニコしているけど、気をつけろ。オッサン、かなりの鬱《うつ》だ。老人性鬱病だよ。本人は認めないが、な」と付け加えた。

俺の役割は、除染作業とは関係ない、高橋老人の世話だった。それまでは純也の役どころだったが、公私に忙しくなって、手が回らなくなったと説明された。

純也はその夜も仙台の女に会いに行くと言った。背がすらりと伸びた、手足の長い、スレンダーだが胸の大きい、完璧なモデル体型の女だった。仙台のクラブに勤めるあの女と比べたら、おぼこ顔の嫁は、ションベン臭いということになるのかもしれない。俺が嫁にするとしたら、おぼこ顔だなと思ったが、あのクラスの女から言い寄られたら、そう判断できるかどうか、自信がなかった。それに加えて、金を握れば、俺の好みも変わるかもしれないな、などと、俺は皮算用したりした。

その夜、初めて食べた宿舎の食事は、糞不味かった。餌レベルだった。おかずは論外としても、俺が今まで食った白米の中で、いちばん不味い飯だった。飯が黄ばんでいた。

「あんたが管理者かね。余分な飯を取らないよう、作業員らに徹底しておくれよ」

賄《まかな》いの婆アが、偉そうな口ぶりで俺に注意した。聞けば食費を節約するために、朝食や夕食とは別に、昼飯用に、タッパーにぎっしりと飯を詰めて持ち帰る奴がいるらしい。誰がこんな臭い飯をと思ったが、とりあえず「はい」と、無愛想に答えておいた。

四日後の夕方、純也に引率された、新しい除染作業員たちが五人、宿舎入りした。株式会社ヤンネットという、郡山の二次下請けの会社から派遣された作業員たちだった。食堂にいったん集合し、奴らが作業員台帳に記した住所を見て、俺は首を傾《かし》げた。全員が山形県になっていた。しかも同じ市で町名も番地も同じだ。郡山市の作業員が、居住する場所としては遠すぎる。それ以前に、住所が同じというのが不自然だろう。

作業員たちがそれぞれの部屋に入って、純也と食堂に二人残った。「気にすることはないよ」純也はあっさりと言ったが、それでも不審がる俺に、「これを見ろよ」と、ノートパソコンで検索した画面を向けた。『藤急建設』という会社のホームページだった。中身の薄いホームページは、除染作業員を募集する内容だった。俺は画面をスクロールした。「福島の復興に資本金がたったの五万円、創立平成二十五年三月、震災二年後の創立だ。「福島の復興にあなたの力を貸してください」そんな言葉が躍っていた。さらにスクロールした。「赴任のための旅費は当社負担。領収書提示で最初の給料日に精算」とあった。「仕事が決まるまでの滞在には万全の受け入れを用意しています」その項に添えられた写真は、カーテンの張られた二段ベッドだった。「プライバシー完全」とキャプションが振られていた。「食堂では地元の主婦がおふくろの味をご提供します」食堂も、食事の写真もなかった。薄汚れた割烹着《かっぽうぎ》を着た、不機嫌そうな、丸々と太ったおばさんの写真だけだった。下に小さく、ほかのキャプションに比べ、かなり小さなフォントで「食事代は朝晩でたったの千円」と記されていた。この会社が、作業員らの本来所属する会社なのか。所在地は、作業員らが台帳の自宅住所に書いた住所と同じだった。「ろくに住所もない奴らだからな」と純也が言った。

純也の会社が一次下請け、郡山のヤンネットが二次下請けだとすると、藤急建設は三次下請けということになる。

「除染作業で三次以下の下請けは認められていない」純也が言った。「それに『藤急建設』は、派遣に必要な免許も持っていない、テンプラ会社だ。本来であれば、除染作業に関われるような会社じゃない」ただの人足集めの会社だと、見下す口調で付け加えた。

「今後のこともあるから、説明しておいてやるよ」と、純也が書類鞄から紙とボールペンを取り出した。純也は紙に『元請』『一次』と縦に並べて書いた。その下に『二次』と書いた。さらに『人足手配』と書いた。続けて『作業員』と書いて、それぞれを一本の線で結んだ。

「除染作業の請負には、常傭《じょうよう》と出来高がある。常傭は、出した作業員一人頭の単価に員数を掛けて精算する方式だ。出来高は、員数に関係なく、叩いた仕事の量で、売り上げが決まる方式だ。俺は常傭で仕事を受けている。使えねえ奴らを集めてやる仕事なんで」と、純也が鉛筆の先で、『作業員』という文字をコツコツ叩いた。「こいつらじゃ、どれだけの出来高が上がるか、読めないんで、な」と言った。

「農地除染には、農地の表土を薄く剝《は》ぎ取って、客土と入れ替える剝ぎ取り除染と、深く耕して、土壌改良剤を放り込む、深耕《しんこう》がある。剝ぎ取りの出来高は、重機のオペの力量に左右される。土木の仕事だ。深耕には、かなりの数のトラクターが要る。ここでは青森、秋田の農業生産組合が、主に請け負っている。俺は、そのどっちも断って、農地周りの水路除染の仕事を請け負っている。道具らしい道具は、スコップくらいだ。人足の数さえ揃えれば、誰にでもできる仕事だ」

純也が『一次』の横に一万七千円と書いた。「俺の会社が、元請けから受け取る、一人頭の人足代だ」金額の意味を説明し、続けて、『二次』の横に一万二千円と書いた。そして『人足手配』の横に一万円、『作業員』の横に八千円と書いた。

「この差額が、それぞれの会社のオチになる。たとえば今回のケースで、『藤急建設』は五人の人足を出しているので、一人頭二千円の差額、合計で一万円が一日の利益ということになる。月に二十五日の稼働で、二十五万円の利益だ。テンプラで、月に二十五万円稼げるんだから悪くはないだろ」

ずいぶん単純だが、その説明通りであれば、一次と二次の差額五千円は小さくない。今朝受け取った人足は五人なので、日額で二万五千円、月額で六十二万五千円の利益を、一次である純也の会社は得るのか。

「今日の五人を含めて、何人人足出しをしているんだ」俺の問いに純也が「五十人だ」と答えた。とすれば、月額で六百二十五万円の利益を上げていることになる。

「そうはうまくいかない」純也がわざとらしく、哀しげな顔をして、首を横に振った。

「会社に落としているのは、三百万だ。差額は俺の取り分になる」二次からキックバックがあるのだと、純也は説明した。「今月からおまえに支払う五十万円も、俺のポケットから出る金だ」金のやり取りには、女の銀行口座を使っていると、付け加えた。話のとおりだとすれば、純也は正規の給料とは別に、月に三百二十五万の収入を得ていることになる。

「会社にばれたら、一発で終わりだろ」

俺の懸念に、純也は「ちゃんと手を打っているさ」と応えた。

「去年の年末、うちのやつにガキが生まれた。俺の娘だ。社長も、社長の奥さんも、目に入れても痛くないほどの可愛がりようだ。初孫だからな。もしばれたら、俺は徹底的にとぼける。証拠はどこにも残していない。孫までできたのに、俺を切るわけがない」

「仙台に女がいるじゃないか」

「俺だって、娘は可愛いさ。女は女、娘は娘だ」

唖然《あぜん》としている俺に構わず、純也が話を続けた。

「除染作業も先が見えてきた。このペースじゃ、とても一億には届かない。俺はどうしても、まとまった金を掴む必要がある。それが、あのオッサンだ」

『高橋禎伸』と紹介されたオヤジさんの顔が浮かんだ。世話をしてくれと言われたが、何をしていいのかわからなかったので、前の日も、とりあえず『高橋禎伸』が宿泊する部屋を訪ねた。話好きのオヤジさんだった。朝から発泡酒を呷《あお》りながら、相好《そうごう》を崩して、原発の話をした。話自体は面白かった。勧められるまま、俺も発泡酒を飲んで、夜まで付き合った。宿舎の糞不味い飯を食う気にならないでいたら、刺身の盛り合わせをご馳走された。それを肴《さかな》に、発泡酒がウイスキーに変わった。五リットルペットボトルの安ウイスキーだった。それを水道の水で薄めて飲んだ。そのせいで、二日酔い気味だった。

「あのオッサンで、一億は稼げると思っている」唐突な感じで純也が言った。「具体的なことは、まだ言える段階じゃない」驚いた俺の出鼻を挫《くじ》くように、付け加えた。

こいつ、どこかが狂っている。嫌悪どころではない、臆する気持ちを俺は純也に覚えた。聞かされたばかりの、人足代の抜きにしても、十分な驚きだった。月に三百万以上の金を、純也は手にしているのだ。なぜ『高橋禎伸』が一億のネタになるのか、それを問い質《ただ》す気にはなれなかった。同じように狂わなければ、それを訊いてはいけないのだと、気持ちにブレーキが掛かった。

その夜、俺は、また札束の夢を見た。地元を離れたせいか、南相馬に移り住んでから、その夢を見ることはなかった。昼間聞いた、純也の話に、その夢を見るだろうという予感はあったが、夢の中で俺は、札束に囲まれながら、今までのようにうなされることはなかった。変な余裕をもって、足元に転がる、他人の札束を見下ろしていた。

高橋のオヤジさんは、俺以上に読書家だった。部屋には、畳一畳の広さに、日焼けした文庫本が、無造作に積み上げられていた。蔵書といえる量だった。池波正太郎とか五味康《やす》祐《すけ》とか、俺が知っている作家の小説もあれば、聞いたこともない作家の小説もあった。気が向いたものを選んで、酒を飲みながら読むのだとオヤジさんは嬉しそうに言った。どの文庫本も日に焼けていて、ページの縁が擦り切れていて、もう何度も読んでいるという言葉に、俺は頷いた。本のカバーの破れは、セロテープで修復され、折り目も補強されていた。「気に入った本は、捨てるに捨てきれず、宿替えのたびに持ち歩いている」と、オヤジさんははにかんで言った。「増える一方なので、最近は、新しい本を買わないようにしている」とも言った。俺も読書が好きだと言うと、最近何を読んだと、目を輝かせて訊かれた。「自分が読んでいるのは、海外ミステリーで、最近は北欧系が好きです」と正直に答えた。オヤジさんはフーンと鼻を鳴らしただけで、さほど興味を示さなかった。時代小説が好きなのだろうと当たりをつけて、「一時、藤沢周平も好きでした」それにオヤジさんが反応したので「山本周五郎も良かったです。『さぶ』『青べか物語』『赤ひげ』とか良かったです」と、お追従《ついしょう》半分で言ってみた。実際に山本周五郎で読んだのは、その三冊だけだった。「その手が好きなら、これを読んでみるか」と、オヤジさんが手渡してくれたのは『親不孝長屋』と題された文庫本だった。

その夜、読み切って次の朝に返しに行った。借りた文庫本はアンソロジーで、部屋に入るなり「何が良かった」と訊かれた。「山周の『釣忍《つりしのぶ》』が泣けました」と応えた。泣いたほどではないが、鳥肌が立って思わず目頭が熱くなるような、作品だった。オヤジさんは、満面の笑みを浮かべて、「そうか、そうか」と喜んだ。

俺が当たりをつけたとおり、オヤジさんの蔵書は、時代小説だった。それも剣豪物とか歴史上の人物を取り上げたものではなく、人情ものに偏っていた。それを毎日一冊借りて、夜に読む生活が始まった。そして翌朝、感想を聞かれた。概《おおむ》ね俺の感想は、オヤジさんを満足させた。自分に読解力があったからだとは思わない。貸してくれる本は、どれもベタベタの人情ものなので、ベタベタの感想を言えば、喜ばれるというだけのことだった。

読書のほかに、オヤジさんは釣り好きだった。ちょっと変わった釣りだった。俺は知らなかったが、マニアの間では、テンカラ釣りと呼ばれる、毛鉤《けばり》の渓流釣りだ。その毛鉤を、オヤジさんは自作していた。冬の間作り溜めて、シーズンに備えるのだと言った。毛鉤作りを何度か見学したが、武骨な手で、オヤジさんは器用に毛鉤を巻いた。南相馬に来て、一ヶ月ほど、四月中旬になって、釣りに行こうと誘われた。

向かった先は、常磐自動車道をくぐった先の、新田川の上流だった。上流とはいっても、山の中に入ったわけではない。商店は疎《まば》らだが、人家が建ち並び、まだ南相馬市内といえる土地だった。川べりで車を乗り捨てて、五分ほど歩いてトロ場に至った。トロ場とは川の流れが緩やかで、ある程度水深がある場所だと、来る途中の車内でオヤジさんに教わった。確かにその場所は、流れが緩やかで、水面が鏡のようだったが、水深は一メートルもないだろう、子供が水遊びをするにはうってつけの場所に思えた。こんなところに魚がいるのかと、俺は疑問に思った。実際、川底の小石まで見える流れだったが、魚らしきものは見当たらなかった。

それから小一時間、俺は魔法を見せられた。オヤジさんが、四メートルにも満たない竿を振る。糸の先に毛鉤がついただけの仕掛けだ。錘《おもり》も浮子《うき》もついていない。オヤジさんは竿を撓《しな》らせ、糸を鞭《むち》のように空中で躍らせ、毛鉤が狙った一点に吸い込まれる。狙った一点と感じたのは、何度繰り返しても、一〇センチと違わず、毛鉤が、その場所に運ばれるからだった。毛鉤がぎりぎり着水する直前に、穏やかな流れの中から、魚が躍り出る。いないはずの魚が現れるのだ。まるで魔法だと、俺は口を半開きにして、オヤジさんの釣りを眺めていた。

オヤジさんは次々に、十四ほどの魚を釣り上げては、無造作に魚籠《びく》に入れた。そして言った。「このトロ場は、これくらいにしておくか」まだまだ釣れるが、根こそぎは止めておくのだと、俺は理解した。オヤジさんは魚籠の魚を放流するのではなく、リュックから取り出した小さな俎板《まないた》と包丁で捌《さば》き始めた。

「まさか、食べるんですか」声が裏返ってしまった。

「どうして？　食べてあげなくちゃ、魚も成仏できないでしょ。これ、ヤマメだよ。塩焼きにすると美味しいよ」魚を捌く手を休めて、しゃがんだ姿勢のオヤジさんが、立ち尽くす俺を見上げて微笑んだ。

「……でも、……放射能が」

この人、ボケているんだ。俺の頭の中に浮かんだ思いは、それだった。純也が老人性鬱病とか言っていたけど、認知症の間違いじゃないのか。

「アハハ、心配ないって」

軽やかに笑い飛ばして、オヤジさんは魚を捌く作業に戻った。腹を裂《さ》いて、ワタを流れに棄てた。沈みながら下流に流れるワタの周りで、仲間の魚が、キラキラと身を翻《ひるがえ》した。

「なんだよ、モクズもいるじゃないかよ」

オヤジさんの視線を追うと、ワタの切れ端をハサミで摑んだ、大ぶりの蟹《かに》がいた。蟹の大きな爪には、藻《も》のようなものがびっしりと生えていて、ユラユラと揺れていた。

「中華の高級料理の上海蟹知っているよね。紹興酒《しょうこうしゅ》に漬けとくやつ。あれと同じ種類。ミソが美味いよ。でも、旬は秋だからね。旬になったら、蟹籠持って獲りに来ようか」

ミソって、蟹の内臓だろう。放射能が蓄積されているんじゃないのか。このオヤジさんは、完全にボケているなと、俺は思った。何も言えないでいると、オヤジさんが寂しげに呟いた。「――でも、それまで俺は、生きていちゃいけないんだ」独り言だった。

「ともかく、今夜は、ヤマメの塩焼きで、一杯やろう。帰りに田酒《でんしゅ》買って帰ろう。青森の酒でね、すっきりしていて、春の酒って感じだよ」

気を取り直した風のオヤジさんが、本心から嬉しそうに言った。これ以上盛り上がると、マジで、今夜の献立は放射能ヤマメになってしまう。俺は焦って、オヤジさんの傍らにしゃがみ込んだ。

「オヤジさん」声を落として語りかけた。最初は、高橋さんとか呼んでいたけど、そのころでは、オヤジさんと呼ぶようになっていた。「ここは、南相馬ですよ。山林除染も進んでいますけど、まだ放射能がなくなったわけじゃない。この川だって、汚染された山から、流れてきているんですよね。そんなところに棲《す》む魚を食べるのは、ちょっと拙《まず》くはないですか」と、相手の目を見つめて言った。

オヤジさんの目に悲しみの色が浮かんだ。捌いた魚をタッパーに入れ、それと道具をリュックに仕舞って、草むらに座り込んだ。しゃがんでないで、おまえも座れと言われたので、そうした。オヤジさんが、ジャンパーのポケットから、ハイライトとポケット灰皿を取り出した。咥《くわ》えたハイライトに、俺はジッポーで火を点けた。

それから延々と、オヤジさんは放射能のことを語った。それは俺にとって、不思議な体験だった。まだ肌寒い、南相馬の春風を受けながら、木漏れ日の中、せせらぎの音を聞きながら、いつしか俺は、オヤジさんの話に引き込まれた。シーベルトだの、ベクレルだの、それは易しい話ではなかったが、それでもオヤジさんは、俺の表情を窺《うかが》いながら、根気よく話してくれた。

今回の原発事故の、着地点を模索する中で、政府は過去の基準を大幅に見直して、厳しくしたのだとオヤジさんは語った。「ゼロにしたかったのだろうが、それじゃ達成は無理だからな」とオヤジさんは諦めたような笑いを浮かべた。「作業被ばく量は、年間二〇ミリシーベルト、人が暮らす場所の空間線量は、これは年間被ばく量を一ミリシーベルトとして計算されたものだが、毎時〇・二三マイクロシーベルト。こんなの全然、意味も根拠もないんだよ」気負わずにオヤジさんは言った。オヤジさんの話によると、原発事故とは関係なく、日本人は、年間に一ミリシーベルトを超える量の自然放射線に被ばくしているらしい。世界には、ブラジルやイランや、自然放射線量の高い地域があって、そこでは、年間二〇ミリシーベルトから、七〇ミリシーベルトの放射線に曝《さら》されて、普通に生活している人もいるらしい。健康被害は報告されていない。

「食いもんだって、そうだ。以前の食品安全基準は、五〇〇ベクレルだった。それが事故後、一〇〇ベクレルに引き下げられた。それがどうやって決められたと思う。なんの根拠もない、年間被ばく限度一ミリシーベルトが基準になっているんだ」

ほかにもオヤジさんは、あれこれと説明してくれた。それは、オヤジさんの個人的な意見も含めた解説だったのかもしれない。なにしろ人生の大半を、家庭も持たず、家もなく、原発作業員として生きてきたオヤジさんなのだ。原発を擁護《ようご》する、あるいは正当化する、考えを口にしたとしても不思議ではない。しかし、その朴訥《ぼくとつ》な口調で語られる話を聞いているうちに、俺は、その正誤は別としても、このオヤジさんを信じてみたいという気持ちになっていた。

テンカラ釣りから帰って、風呂に入るために、いったんオヤジさんと別れて、俺はプレハブ宿舎の共同風呂で湯を使った。まだ早い時間だったので、広い湯船には俺一人だった。

熱い湯に浸かりながら、俺はオヤジさんの話を反芻《はんすう》した。オヤジさんの話には、地味な説得力があった。原発に携わってきた矜持《きょうじ》みたいなものも、気負いではなく、感じた。そのうえで、オヤジさんは言った。「原子力は、むやみに恐れるものじゃない。ちゃんと理解して、関われれば、大丈夫なんだ」よくテレビなんかで報道された、原子力村とかいわれる人らの発言にも思える発言だったが、オヤジさんの言葉には、しんみりとした説得力があった。そのうえで、オヤジさんは、まるでそれが自分の責任であるかのように、今回の原発事故を悔いていた。うっすらと、涙さえ浮かべて鼻水をすすった。

その夜、俺は、オヤジさんが料理したヤマメの塩焼きを喰った。「どうだ」と聞かれたので、素直に「美味いです」と答えた。

田酒でヤマメをつつきながら「おまえはいいな」とオヤジさんが言った。意味がわからないでいると、「嫌いを言わないのがいい」と、どうやら褒めてくれているようだった。「純也は、あれはあれで、いい奴なんだが、魚が嫌いだと、ヤマメを喰わなかった。そりゃ、人間誰しも、好き嫌いはあるだろうが、嫌いという言葉を、大の男が使うのはよくない。せめて苦手というべきだな」しみじみと言った。

俺は、純也がファミレスでいつも頼む、三色丼を思い浮かべた。奴とは長い付き合いだが、魚が嫌いと聞いたことはない。むしろ奴の好物だった。しかしそんなことより、嫌いという言葉を、大の男が使うものではない、と言うオヤジさんの言葉が沁《し》みた。

「実は、おまえさんに謝ることがある」と、オヤジさんが唐突に言った。

「謝ること？」

「ああ、そうだ。おまえさんと何度か喰った刺身だが――」

気まずそうに口籠った。

「あれも、オヤジさんが釣ってきたんですか」

それでも構わないという気持ちに俺はなっていた。しかし違った。魚は、オヤジさんが魚市場で分けてもらっているものだった。魚市場では検査機を設置し、スクリーニングの結果、五〇ベクレルを超えない魚を出荷している。政府が決めた基準の一〇〇ベクレルを、さらに厳しくした自主規制だ。そのスクリーニングではじかれた魚を、オヤジさんは、内緒で貰ってきているのだ。最初は無理だと言われたが、国の基準がどれほど無意味なものか、訥々《とつとつ》と説明して理解してもらったと言う。俺は、その日の昼間、オヤジさんの話に耳を傾けながら、自分の気持ちが変わっていったことを思い出していた。市場の関係者なのだろうが、内緒でオヤジさんに、出荷できない魚を分けてくれる人の気持ちが、わかる気がした。

オヤジさんと飲み交わした青森の田酒は、すっきりとした、確かにオヤジさんの言うとおり、春を想わせる酒だった。楽しい酒で、時間が経つのが惜しかった。深夜、作業員宿舎の部屋に戻る俺に、オヤジさんがいつものように、一冊の本を差し出した。その本を受け取ろうとして、俺の手が止まった。『感涙—人情時代小説傑作選』と題されたその本の帯に目が留まった。帯には大きな文字で、こう書かれていた。

「金じゃあない、金じゃあないんだよ」

俺が南相馬にやって来た動機を、見透かされているような気持ちになって、一瞬、手が止まった。あるいは何の裏もなく、ただいつものように、手近な本を選んだだけだろうと、プレパブの宿舎に続く、星明りだけが頼りの道を辿りながら考えもした。部屋に戻って、パジャマ代わりのジャージに着替えた。ベッドに寝転んで、本を開いた俺の胸元に、折りたたんだ一片の紙が、パサリと落ちてきた。

『青年へ。きょうは本当に楽しかった。でもモクズを見て思い出した。俺は、いつまでも、生きていたんじゃいけないんだ。詳しくは、純也が知っている。いよいよ死ぬ時だと、覚悟ができた。青年と、純也の二人で、俺を旅立たせてもらえないか』

丁寧な文字で書かれたそれを、俺は何度も読み返した。オヤジさんをネタに、一億を引っ張れると言った純也の言葉が浮かんだ。

大きな爪に、藻のような毛を生やして、ハサミにヤマメのワタを挟んで、石の陰に這っていったモクズ蟹の姿が浮かんだ。旬は秋だと、オヤジさんが教えてくれた蟹だった。あの蟹も、汚染の川で暮らし、汚染ヤマメを食べている。釣り場の近くに、夥《おびただ》しい量の、蕗《ふき》の薹《とう》や、土筆《つくし》が生えていた。汚染され、誰にも見向きもされず生えていた。いつもの春なら、誰かの食卓に上る山菜だろう。見捨てられたまま、春が過ぎていくのだと感じた。あの時、オヤジさんは呟いたのだ。「それまで俺は、生きていちゃいけないんだ」と。

翌朝、俺は、時計の針が六時を指すのを待って、純也に電話した。一睡もしていなかった。除染作業の朝礼は八時からなので、地元にいるにしろ、仙台にいるにしろ、この時間なら、起きているはずだ。

「なんだよ。ずいぶん早いじゃないか」

電話に出た純也に、俺は、オヤジさんから預かった伝言の内容を告げた。

「会えないか」俺が言うと「わかった。朝礼が終わったら、すぐにそっちに行く」純也が即答した。そして言った。「よくやった。五十万とは別に、ボーナスをはずむよ」

八時半に純也がやってきた。食堂に純也を誘った。五時半から七時半が食堂の利用時間で、八時を過ぎた食堂には誰もいない。テーブルを挟んで、純也と向かい合った。胸ポケットに折り畳んでいたオヤジさんの伝言を純也に見せた。穴が開くように読んだ純也は

「やっと、その気になってくれたか」と安堵《あんど》のため息を漏らした。

「事情が見えないんだが」俺は強い口調で純也に詰め寄った。「どうして、オヤジさんが、死のうと覚悟しているんだ。それがお前が言う一億と、どう関係しているんだ」

純也が、作業ズボンのサイドポケットから、封筒を取り出した。「これを読んでみろよ」

と俺に渡した。オヤジさんの遺書だった。

三枚の便箋《びんせん》に、細かい文字で、びっしりと書かれた遺書には、オヤジさんが、原発事故の際、不注意で高線量のベータ線を浴びてしまったこと、それが原因で、体表のそこかしこに、腫瘍《しゅよう》ができていること、おそらく内臓もボロボロで、長くは生きていられないだろうことが書かれてあった。もし自分が、病院で最期を迎えることになったら、体表の腫瘍に不信感を抱いた医者が、詳しく検査し、自分の直接的な死因が、事故直後における高線量被曝と気付く可能性がある。そうなれば、反原発の連中は、それを大々的に取り上げるだろう。自分の不注意で、そんな迷惑はかけられないので、人目に触れず静かに死にたい。しかし死後においても、体表の腫瘍の問題が残る。ついては焼身自殺を選択しようと考えるのだが、一度失敗し、自分一人ではできそうにない。そのため最後の最後を、知人に任せている。自殺後は、山中に埋めてもらうつもりだ。その場合、それを依頼する人物は、自殺ほう助、死体遺棄の罪に問われることになる。せめてもの謝礼に、幾ばくかの礼金を支払いたいのだが、恥ずかしいことに、自分には蓄えがない。どうか、原発事故収束の作業で被ばくした事実を抱えたまま、旅立とうという老いぼれの意思を汲《く》み取ってもらい、協力者に、礼金を渡してもらえないだろうか。

——オヤジさんの長い遺書を読み終えて、俺は喩《たと》えようのない気持ちになった。無駄とはわかったが、純也に質問していた。

「治らないのか」

「おっさん自体が、病院に行くことを拒否しているんだから、どうしようもないだろ。そもそも、高線量被曝というのも、おっさんの思い込みかもしれない。鬱だと、最初に、断ったはずだぜ」

「だったらオヤジさんは、自分の素人判断で、命を絶とうとしているのか」

「かもしれない、ということだ」

そんな馬鹿な。軽々しく言う純也に、腹が立った。俺が二の句が継げないでいると、純也が囁《ささや》き声で言った。

「俺は、前にも一度、おっさんから、自殺の手伝いを頼まれたんだ。そのとき、この遺言を書いてもらった。なんの礼金もなく、自殺ほう助、死体遺棄に手を貸すわけにはいかないからな」得意げに言う口調が、癇《かん》に障った。顔色が変わるのが、自分でもわかった。しかし純也は気に留める風もなく、続けた。「そもそも、おっさんに、焼身自殺しようなんて、度胸はないのよ。誰かに、背中を押してもらいたいわけよ」

「だが、この遺言書には、具体的な金額が書いていない。一億なんて金額が、どこから出るんだ」

「それは俺が書かせなかった。しょせんおっさんの常識では、礼金といっても、せいぜいが一千万、下手をすりゃ、百万が関の山だろ」純也の口調が、ますます卑《いや》しくなった。

「俺は、仕掛けを考えた。おっさんが殺されたことにするんだ。それは俺が、証言する。証拠隠滅のために、焼き殺されると怯《おび》えていたって、な」純也の話が止まらない。「そこで、おまえの出番だ。おっさんに信頼されていたおまえは、この遺言書を、おっさんから預かるんだ。原発事故絡みで、隠ぺい殺人まで起こったと、騒ぎ立てる世間に、冷や水を浴びせる遺言書だ。で、おまえは、殺害を認める。心配するな。自殺ほう助になるように、働きかけてやる。懲役にはさせない。執行猶予止まりに収めてやる」

俺は、純也の話に、ついていけないでいた。純也は憑《つ》かれたように話を続けた。

「金は、俺のルートで、東電に払わせる。大事なのは、遺書を出すタイミングと交渉だ。任せろ。俺がうまくやる。儲けは八二だ。一億取れたら、おまえに二千万やる」

殺害、死体遺棄に加えて、恐喝までやるつもりなのか。俺は純也の話を、まともには聞いていなかった。何を勘違いしたのか、純也が笑顔で言った。

「心配するな。おまえとおっさんが、仲がいいのは、宿の人間も知っている。おまえは、善意の第三者という顔をしていたらいいんだ。俺が、おまえを誘ったのも、おまえなら、おっさんのふところに、潜り込めると思っていたからだ」

純也が、まったく的外れな慰めを口にした。

「そんな問題じゃないだろ」俺は激した。「人ひとりを殺す話だぞ。それをネタに、一億稼ごうだなんて、まともな奴が考えることじゃねえだろ」

「まとも?」純也が目を細めた。「おまえ、まだ、まともだったのか」鼻で笑った。「俺は、とっくにまともじゃなくなっている。あたりまえだろ。まともで、こんなことができるかよ。おまえだってそうだ。金が欲しいんだろ。このまま、年を喰って、どうなるっていうんだ。時間で身体を売って、朝から晩までこき使われて、それで人生いいのかよ。とりあえず、二千万手にしてみろよ。見える景色が違ってくる。金なんだよ。しょせん人生は、金を握るかどうかなんだよ」

俺は、言い返せないでいた。純也の言葉が、届いているのではなかった。脳だ。また脳が、鉛になっていた。そして熱を帯び始めていた。このまま熱を帯びた脳が、ドロドロと溶け出す予感が、俺を黙らせていた。

俺が何も言えないでいることを、どう解釈したのか、最後に純也は「頼むぞ」と、テーブル越しに、俺の肩に手を置いて言った。

決行は、作業員宿舎が空になる、ゴールデンウィークだと言われた。五月の連休と盆暮れは現場が止まる。作業員宿舎の飯も出ない。すべての作業員が、いったん宿舎を離れる。段取りがついたら、連絡するので、それまでオッサンの世話を頼むと言い残して、その日も純也は、仙台に足を向けた。財布から七万円を出して「今はこれしかないが」と俺に押し付けた。俺はオヤジさんに会いには行かず、南相馬市原町の盛り場に足を運んだ。

純也から渡された七万円をポケットにねじ込んでいた。『マッコリ・タウン』という、けばけばしい看板の店に足を踏み入れた。韓国クラブだった。ママを名乗る女が俺の席に来て「飲み放題五千円ね。連れ出しは、二時間一万五千万円、泊りで三万円ね。部屋はこっちで用意するよ」と、愛嬌のない、癖のある日本語で、事務的に言った。そこで俺は、潰れるまで飲んだ。翌日の昼過ぎに目が覚めたのは、ネカフェの一室だった。明け方、便所で嘔吐《おうと》して、後始末が大変だったと、ニキビ面の店員に文句を言われた。面倒臭いので、五千円を支払った。ネカフェ代を支払うと、俺の財布には千円も残らなかった。記憶を辿ってミニバンに戻り、宿舎に帰った。

オヤジさんの部屋に足を運んだ。どうしようかと迷ったが、俺は自分の気持ちを、測りきれないでいた。その時点で、純也の話に乗る気はなかった。俺の脳は、冷えた鉛のままだった。

「どうした。顔色が悪いぞ」作り笑いを浮かべたオヤジさんに言われた。「純也に伝えてくれたのか」とも訊かれた。

「はい」と俺は言葉短く応えた。

「純也に渡した遺言書も、読んでくれたか」

俺は「はい」とも言えず、首を縦に振った。

「そうか」とオヤジさんも言葉少なく言い、俺は座るよう勧められた。それから、オヤジさんは、いつもの訥々とした口調で、話し始めた。

「おまえたちには、ずいぶんと無理な頼みをして、申し訳ないと思う。年寄りの我儘《わがまま》だと、許してくれ。純也の奴は、納得してくれているが、どうもあいつのことは、いまひとつ信用ができないでいた。あいつは子供だ。覚悟が足りない。おまえさんは、違う。どこがどう違うというのではないが、そう感じた。おまえさんは、他人の話をちゃんと聞ける人間だ。おまえさんなら、このオイボレの気持ちをわかってくれると、思った」

まだ了解したわけではないと、俺は、言えなかった。

「あの遺言書に書いたことは、半分本当で、半分は嘘だ」

嘘？　俺は、オヤジさんをまっすぐに見て、首を傾げた。

「長年、お世話になった原発に、迷惑をかけられないという気持ちに、偽りはない。しかし、それだけじゃないんだ。俺は、高線量被曝による作業員の末路を知っている。そりゃ、悲惨なもんだ。あれと同じ目には遭いたくないと、臆病に考えているんだ。このことは、純也には言っていないが、な」

破壊されても、個々の細胞には再生する能力がある。しかし細胞内の染色体が破壊されたら、その再生そのものが正しく行われなくなる。高線量の放射線を浴びたら、染色体が破壊される。そんなことを、オヤジさんは話したが、それがどんな悲惨なことなのか、俺には理解できなかった。ただ、かなり厄介なことになるのだろうなと、それだけは、オヤジさんの話しぶりから想像できた。

「今、俺の身体の中では、徐々に破壊が進行している。今朝だって、血便なんてもんじゃない、溶けた内臓を、俺は便器にぶちまけた。俺の身体の中で進んでいる破壊が、ある線を越えたら、一気に身体が朽ち始める。その前に、俺は死にたいんだよ」

オヤジさんの声に深い怯《おび》えがあった。もう限界だった。これ以上、オヤジさんに話をさせたくなかった。オヤジさんの素人診たてが、正しいのかどうかなどという問題ではない。

オヤジさんは、静かにこの世を去りたいのだ。であれば、それに手を貸してやりたいという気に、俺はなっていた。純也が目論む一億の話と、それはまるで別のことだ。「わかりました」と俺は答えていた。

「もう一度、釣りに行くか」オヤジさんに誘われた。俺は承諾した。オヤジさんが釣ったヤマメを肴に、酒を飲みたいと思った。

ゴールデンウィークの二日目に、俺は剣スコを持って宿舎の裏山に入った。先が尖ったスコップだ。それで穴を掘った。オヤジさんが入る穴だ。あえて穴を狭くした。穴を狭くしたのには理由があった。オヤジさんには、胡坐《あぐら》を組んだ姿勢で、穴に収まってもらう。そのままガソリンを被ってもらって、俺が上から、火を点けたジッポーを放り込む。胡坐を組んだ姿勢にするというのは、ネットで調べて、そうしたほうが、楽に死ねるからだと書いてあったからだ。立つか座るかの直立した姿勢だと、燃焼ガスで酸欠になり、急速に意識を失うらしい。寝た姿勢だと、呼吸が確保できるため、なかなか死に至らない。地獄の苦しみを味わった挙句、未遂に終わることもあるらしい。

半日かけて穴を掘り終わった。自分で入ってみて、胡坐を組んだが、何も思い浮かばなかった。ここでオヤジさんが死ぬというのが、どうにも現実のものと思えなかった。

スタンドに、ガソリンを買いに行った。ホームセンターで買った二〇リットルの携行缶に、満タンにしてもらった。携行缶は午前中に掘った穴の中に隠した。準備を終えて、汗を流した。宿舎の風呂は、連休中、湯が止められているので、シャワーで水を被った。

夕方、オヤジさんの部屋を訪れた。オヤジさんは毛鉤を巻いていた。

「明日は曇りの予報だったな」

オヤジさんが言った。釣り場の状況や、天候によって、毛鉤の色とか形を変えるらしい。普段は、まだ行ったことのない釣り場を思い描きながら巻くのだが、明日行く釣り場は決めているので、その釣り場用の毛鉤を巻いているのだと説明してくれた。

オヤジさんが毛鉤を巻き終えて、酒になった。前に一升瓶で買って、半分残っていた青森の田酒を飲んだ。肴は、オヤジさんが朝のうちに調達してくれていた魚の刺身だった。初鰹《はつがつお》とナメタ鰈《がれい》の刺身を喰った。スクリーニングではじかれた魚がなかったので、今日は漁港近くの鮮魚店で買ってきたと、オヤジさんが苦笑した。汚染された魚がいなくなったのであれば、オヤジさんも、と考えたが、いまさら口にすることではないと、自重した。鰹はすっきりとした味で、鰈は甘い身だった。

その夜は早めに寝て、早朝、俺の車で釣り場に出かけた。オヤジさんに言われるまま、辿り着いたのは、やはり新田川の、別のトロ場だった。前回よりも、やや大き目なトロ場で、オヤジさんは、しなやかに竿を振った。

「ここにもいるな」とオヤジさんが言った。モクズ蟹のことを言ったらしいが、俺にはその姿を、目で追うことができなかった。例によって、オヤジさんが魚を捌いたとき、ヤマメの内臓を、爪に挟んで岩陰に持ち運ぶ、蟹を見つけた。ひとつ、ふたつ、みっつ、と俺はモクズ蟹を数えた。

土筆《つくし》が立ち枯れていた。蕗《ふき》の薹《とう》は、子供の背丈ほど、茎を伸ばしていた。渡る風は、初夏の風だった。豊かな南相馬の自然があった。

宿に戻って、最後の宴会になった。俺は、今までオヤジさんに読ませてもらった本の話をした。どれも、身に沁みた話だった。だが、まだ読んでいない本のほうが多かった。それがひどく残念に思えた。「俺が死んだら、全部やるよ」とオヤジさんは言ってくれた。違うのだ。本を読んだ感想を、オヤジさんに伝えて、共有できないことが残念なのだと、それは言わなかった。

田酒がなくなり、ウイスキーになった。朝まで飲んだが、気持ちの芯が冷えていて、俺は酔えなかった。オヤジさんも、終始、穏やかに笑っているだけで、酔っている風には見えなかった。朝になって、純也から『着いた』というメールがあった。

「時間です」オヤジさんを促して、俺が先頭になり、鉱泉の宿の裏山に向かった。駐車場に止めた車から純也が姿を現し、俺たちの数メートル後に従った。

俺が掘った穴に至った。

オヤジさんは、「よいしょ」と無造作に飛び降りた。それ以外は何も言わずに、隠してあった携行缶のキャップを開けて、立ったまま、頭からガソリンを入念に被った。揮発性の臭気に何度も咽《む》せながら、躊躇《ためら》いなくガソリンを被った。足元に、ガソリン溜まりができた。

オヤジさんが胡坐をかいて座り込んだ。空になった携行缶を傍らに置いた。座禅を組むように手指を結んだ。俺はポケットからジッポーを取り出した。火を点ける前に、純也に視線を向けた。純也は真っ青な顔をして、ガクガク震えていた。震える純也に、手を差し出した。純也が、「何?」という目を俺に向けた。

「もう一度、オヤジさんの遺言書を見せてくれ」

それは前の夜、最後に確認したいから持ってきてくれと、俺が純也に依頼したものだった。純也は、抗うこともなく、作業着のサイドポケットから封筒を出した。茫然自失の体だった。これが一億のネタになる遺言書かと、俺は受け取った。

ジッポーに火を点けた。最大にした炎が、木々を抜けたそよ風に暴れた。オヤジさんが座る穴に投げ込んだ。たちまちガソリンに引火して、オヤジさんが火の玉になった。不意にトロ場のモクズ蟹の姿が浮かんだ。秋になったら、蟹籠を携えてあのトロ場に行くか、と考えた。ミソが美味いのだと、オヤジさんは言っていた。酒は田酒か。いや、あれは春の酒だとオヤジさんは言っていたな。秋のモクズ蟹に合う酒はなんだろう。聞いておけば良かった。

オヤジさんの上体が崩れた。猛烈な臭気が辺りを包んだ。それでも、ガソリンが燃える勢いは収まらなかった。純也は顔を覆ったまま腰を抜かしていた。失禁しているようだった。燃え盛る火の中に、一億円のネタ、オヤジさんの遺言書を投げ入れた。たちまちそれは燃え上がり、空中で踊った。

2

作業着のサイドポケットから、スマホを取り出した。一一〇とダイヤルするつもりが、うまくいかない。指が激しく震える。焦った。自分では、もっと冷静でいられたつもりだったのに、とんだ体《てい》たらくだ。嫌な汗まで全身から噴き出してきた。

「いやぁぁぁぁぁぁぁ」

剣道の要領で、裂帛《れっぱく》の気合を吐いた。少し離れたところで、尻餅をついてゲロにまみれ、小便を垂れ流していた純也が、電流に当たったようにビクッとした。目を剝いて、俺を凝視した。怯える眼差しだった。それでいくらか正気を取り戻した。一一〇とゆっくり入力して、送信ボタンを押した。ワンコールもしないうちに電話が繋がった。

——事件ですか、事故ですか。

いきなり相手が訊《たず》ねてきた。

「事件です」たぶんそうだろうと思って応えた。「人が死にました」と付け加えた。

——事故ではないんですね。

確認された。

「自殺がありました」

黒焦げになって、まだ燻《くすぶ》っているおやじさんに目をやって応えた。

——それはいつですか。

「今、さっきです。現場から通報しています」

——場所はどこですか。

作業員宿舎と、駐車場からの道順を、淀みなく、正確に伝えることができた。

——あなたは目撃者なんですね。

確認された。

「ええ、まぁ」と曖昧《あいまい》に答えた。

それから名前や服装を訊《き》かれたりした。電話の相手の質問は、矢継ぎ早というのではなく、しかも流れるようで、こちらに考えさせる暇もなく、必要な情報を俺から自然に引き出した。あれほど動揺していた俺が、冷静に対応できたことに、軽い驚きを覚えた。聞き上手というのは、こんな人のことを言うのかと思ったりした。

最後に相手は「すでにパトカーが向かっています。間もなく現場に到着しますので、そこを動かないでください」と強い口調で言った。もともと逃げる気はなかったが、俺を現場に釘付けにする口調だった。通話を切って、スマホをサイドポケットに戻した。

「――オマエ」

呻《うめ》くような声に視線を向けると、尻餅をついたまま、俺を睨《にら》みあげている純也の姿があった。

「警察に通報したのか。ぶち壊しじゃないか」

おののく声で抗議した。

「おまえのシナリオがぶち壊しなのか」

醒《さ》めた目で言ってやった。

「そんなもの、俺には関係ない。ここでのことは、俺と高橋のおやじさんとのことだ」

「遺書は……おっさんの遺書は……。さっき渡しただろう」

純也が険しい顔で言った。いくら顔を険しくしても、腰を抜かして、口元はゲロまみれで、しかも小便でズボンの前を濡らしているのだから、お笑い種《ぐさ》に思えた。

「おやじさんが持って行ったよ」

俺の言葉に純也が目を剝いた。穴の中で、黒焦げになっているおやじさんに目線を向けた。込み上げるものに耐えられず、また嘔吐した。粘り気のある、黄色の胃液を吐いた。ゴホゴホと苦しそうに噎《む》せた。

「すぐにもパトカーが来るぞ。ここに残っていていいのか」と言ってやった。

純也がよろけながら立ち上がった。

「これで終わりじゃないからな」

捨て台詞《ぜりふ》を残して、俺に背を向けた。山の木々に手を付きながら、その背中が遠ざかった。木々の向こうから、複数の、けたたましいサイレンの音が近付いてきた。やがて、数名の警察官が、慌ただしく山を駆け上ってきた。

「木島雄介《きじまゆうすけ》君か」

先頭の警察官に誰何《すいか》された。肯《うなず》いて、穴を指差した。俺の指先を目で追った警察官が

「うっ」と喉を詰まらせた。

「焼身自殺です。俺が火を投げ込みました」

予《あらかじ》め用意していた言葉を告げた。それ以上のことは、一切しゃべるまいと決めていた。

「被害者の氏名は？」

無言で、相手にまっすぐな視線を送った。

「被害者の職業は？」

答えなかった。

誰何した警察官の目配せで、俺は左右から、二人の警察官に腕を摑《つか》まれた。

「詳しいことは署で聞く」

そう言った警察官が、また目配せして、俺は、両腕を摑まれたまま、宿舎の裏山を下った。駐車場には、三台のパトカーが停まっていた。俺の車の隣に、純也の車が残っていた。純也の姿はなかった。俺の車と純也の車の間で、一人の警察官が、車の中を覗《のぞ》き込みながら、無線照会をしていた。

そのまま警察署に連行された。身体検査があって、持ち物を没収された。没収リストが作成された。相手が求めるままに、それに署名した。そのあとで、作業員宿舎の個室と変わらないほどの狭い留置場に放り込まれた。一時間ほど待たされて、取り調べが始まった。

取り調べを担当したのは、スーツ姿の若い刑事だった。出口に近い小さなデスクで、制服を着た警察官が記録を取っていた。その時点で警察は、おやじさんの名前ばかりか、純也のことも摑んでいた。しかし俺は黙秘で通した。それは、何かを隠すための黙秘ではなかった。どこまで明かしていいのかわからないから、すべてを隠すことにしただけだった。少なくとも、おやじさんの自殺の動機だけは、明かすまいと決めていた。それを明かしてしまったのでは、おやじさんが、焼身自殺を選んだ意味がなくなってしまう。自殺幇助《ほうじょ》で起訴されることは覚悟していた。

「このまま黙秘を続けられたら、殺人も視野に入れて立件しなくてはならなくなるよ」

取り調べを担当する刑事に脅《おど》されて動揺したが、俺には、おやじさんを殺す動機がないし、自首しているのだ。そこまでにはなるまいと、腹を括《くく》った。

取り調べは夜遅くまで続き、俺はまた、留置場に戻された。次の日も、取り調べで一日が終わった。

「焼身自殺をしたいというおやじさんの気持ちに共感して、俺は、ガソリンをかぶったおやじさんの足元に、火のついたジッポを投げ入れました」

それだけを俺は延々と繰り返した。

「だからどうして、高橋さんは焼身自殺をしたいと思ったんだ。せめて、それだけも、喋《しゃべ》ってもらえないか」

刑事が困り果てたように言ったが、それこそ俺が一番隠したいことなのだ。喋れるわけがなかった。

二日目の取り調べは午前中に終わった。同じ質問を繰り返す刑事の追及から解放されて、俺はほっとする反面、何の説明もなく放置されていることに、疑心暗鬼に囚《とら》われた。ひょっとして、このまま殺人の嫌疑までかけられるのかと、不安になった。車を駐車場に残した純也も、警察に呼び出されているはずだ。昏《くら》い目で、俺を睨んでいたあいつの相貌《そうぼう》が思い出された。まさか俺に、不利な証言をしているんじゃないだろうなと、純也のことを疑ったりもした。

そんな不安以上に俺を苦しめたのは、おやじさんの最期《さいご》の姿だった。おやじさんの姿は、俺の頭の中で、勝手に映像化された。おやじさんは、激しく燃える炎の中で、口を大開きにして苦しんでいた。喉を掻《か》き毟《むし》っていた。断末魔の叫び声を発していた。

実際は違ったはずだ。ガソリンに引火した途端、おやじさんはたちまち火に包まれて、俺が企図した通り、気を失ったはずだ。一瞬の出来事だったはずだ。しかし俺の脳裏に浮かぶおやじさんは、いつもの穏やかな表情ではなく、狂ったようにもがき苦しんでいた。

取り調べを受けているときはそうでもないが、薄暗い留置場に一人で放置されると、おやじさんの苦しむさまや悲鳴が意識に浮上して、俺を苦しめた。夜になれば、そのイメージが俺の眠りを蝕《むしば》んで、俺は何度も大声を出して飛び起きた。嫌な汗で身体《からだ》をびっしょりと濡らした。

三日目の朝に、また取調室に連行された。俺の取り調べを担当したのは、前の若い刑事ではなく、いかにもベテラン然とした、小柄な高齢の刑事だった。背中を丸めて、俺の向かいに座った刑事が切り出した。

「昨夜もずいぶんうなされたみたいだね」

世間話をするような口調だった。応えずにいる俺にかまわず、机の上に指を組んだ俺の手元に視線を落としたまま、刑事が続けた。

「自殺幇助にしろ、殺人にしろ、人を殺すというのはね、そういうことなんだよ。どんな極悪非道な人間でもね、人を殺してしまうと、取り憑《つ》かれるんだ。殺した相手に、ね」

刑事が薄く笑った。

「因縁《いんねん》話をしているんじゃないよ。私は、ストレスの話をしているんだ」

刑事の視線は、俺の手元に落ちたままだった。

「永年こんな商売をしていると、こんな田舎でも、コロシに手を汚した奴を何人か見てきた。どんなに強がっても、悪ぶってもね、死人から逃げることはできないんだ。人を殺した記憶に、生涯苦しむことになる」

刑事が視線をあげて、俺の目を、低い位置から窺《うかが》い視《み》た。刺すような視線ではなかった。包み込まれるような視線だった。

「人を殺してしまったストレスが、消化できないんだよね」

刑事が、手元に畳んであった紙を開いた。それに目をやった。

「被害者の、焼身自殺したいという心情に共感して、ガソリンをかぶった被害者の足元に着火したジッポを投げ入れた」

それは俺の供述記録だった。刑事が手にした紙を机に伏せた。

「ここから先のことは、いくら質問してもダンマリだ」

苦笑した。

「自首してきた被疑者だから、取り調べも楽だろうと高を括っていたのに、とんだ思惑違いだった。あいつもずいぶん手こずったみたいだな」

あいつとは若い刑事のことか。そういえば、今日は記録係の制服警官もいない。取調室には、老刑事と俺の二人きりだった。

「きみが楽になる方法が、ひとつだけある。簡単なことだ。きみは、何かを必死で隠している。いや、守ろうとしているのかな。それを吐き出すことだ。溜めこんでいるストレスが、きみを自由にしてくれないんだ。すべてを吐き出して、すっきりしないか」

諭《さと》すような口調だった。しかし俺の気持ちは変わらなかった。おやじさんの自殺の動機を、口にするわけにはいかないと、口を固く結んだ。しばらく刑事と睨み合った。視線をぶつけるような睨み合いではなかった。視線を絡《から》ませあった。やがて刑事の口元に、苦笑が浮かんだ。相手が諦《あきら》めたことを俺は察した。刑事が一言、呟《つぶや》くように言った。

「放免だ」

俺は刑事の言葉をうまく咀嚼《そしゃく》できずに、「エッ」と問い返した。

「放免だよ」

肩の力を抜いた刑事が繰り返した。

「頑張ったな。どうやら今回の事件には、よほどの事情があったみたいだ。いや、もうこの時点では、事件でさえない。おまえさんを留置している間に、こっちも、始末にずいぶんあたふたさせられた」

刑事の言う、よほどの事情という言葉の意味がわからなかった。おやじさんと俺の事情だけではなく、もっと違うことを意味しているなとは感じたが、その内容を推測しかねた。

「刑事としてではなく、個人的に、おまえさんに忠告しておきたいことがある」

刑事の目に光が宿った。眼光鋭く俺を睨んだ。

「おまえさんが隠したことは、これからも、絶対に口にするな。隠し通せ。どれだけコロシのストレスに苦しめられても、口にするんじゃない」

間を置いて付け加えた。

「それがおまえさんの、身のためだ」


俺の身元引受人になったのは、榊《さかき》と名乗る男だった。榊は体幹の整った細身で長身の男だった。剣道の経験で「かなりできるな」と俺は思った。剣道かどうかまではわからないが、間違いなく、何か武道をやっている人間の体幹だった。それも半端ではない。達人のレベルだ。やっていたという過去形ではなく、やっているという現在形だ。拳が潰《つぶ》れていないので柔道ではないだろう。拳が潰れていないので、空手でもないはずだ。では、やはり剣道か、などと俺は観察した。

榊に、警察署近くの喫茶店に誘われた。好きなものを注文していいと言われた。朝飯がまだだった俺は、ココアとツナサンドを頼んだ。榊はコーヒーを注文した。二人の注文がテーブルに置かれてウエイトレスが離れた。榊が俺に名刺を差し出した。

〈アーバンシティー法律事務所　榊みのる〉

住所が東京都港区赤坂だった。肩書はなかった。

「電力さんの顧問をしている」

言葉短く榊が言った。

「ぼく個人が顧問契約しているわけではない。雇われている事務所が契約している。ぼくは、電力から出向した、その事務所の、調査員のようなものだ」

榊に勧められて、ココアに口をつけた。ツナサンドを頬張《ほおば》った。

「黙秘が正解だったな」

高齢の刑事と同じようなことを榊が言った。刑事はさらに「事件ですらない」という言い方をした。「始末にずいぶんあたふたさせられた」とも言った。何が何だかわからずに混乱している俺の前に、榊が、書類カバンから新聞の切り抜きを出して、広げた。

五月四日未明、福島県、南相馬市のショッピングセンターで、ごみ置き場から、男性の焼死体が発見された。焼死体が見つかったのは、南相馬市郊外にあるショッピングモールで、午前三時四〇分ごろ、ごみ置き場から、火が出ているのが見つかった。火は、およそ三〇分後に消し止められたが、ごみ置き場から、男性の焼死体が発見された。近くの住民は「こんな静かなところで、こんな事件が起きるなんて、本当に恐ろしいです」「ぼや騒ぎかなと思っていたものですから、まさか、人一人が亡くなっているとは思いませんでした」などと話している。捜査関係者の話によると、男性は、ごみ置き場の中であおむけの状態で見つかっていて、油が燃えた跡があり、外側からは、留め金が掛けられていたという。警察は現在死因や身元の特定を急いでいる。

「こっちが続報だ」

榊が、別の新聞の切り抜きを重ねた。今日の日付だった。

福島県南相馬市のショッピングモール敷地内で炎上したごみ置き場の中で焼死していた男性について、南相馬署は十日、同市の除染作業員（72）と身元を特定し、発表した。南相馬署によると、除染作業員は埼玉県出身。二年前から南相馬市で除染の仕事をし、ごみ置き場が炎上した数日前も勤務していた。遺体に外傷はないことから事件性はないとみられる。酒に酔った男性がごみ置き場に潜り込み、タバコの火の不始末で炎上したのではないかと、捜査関係者はコメントしている。

何のことかわからずに、記事を読み終わった俺は、顔をあげて相手を見た。榊は、とらえどころのない表情を浮かべていた。そのすべてを悟ったような顔に、俺はハッとした。

「まさか、この除染作業員というのは……」

自分の思い付きが信じられない思いで、俺は榊に糾《ただ》した。榊が心得顔で小さく肯《うなず》いた。

「高橋さんだ」

当然のように認めた。

「どういうことなんですか。おやじさんは――」

作業員宿舎の裏山で焼身自殺したのだ。五月三日だった。四日ではない。足元のガソリン溜りにジッポを投げ入れたのは、この俺だ。俺は、ガソリンの炎に包まれて、黒こげになっていくおやじさんをこの目で見たのだ。それがどうして、こんな話にすり替えられているのだ。

「ぼくも詳しくは聞いていないが、大人の政治力学が働いたということだろう」

榊がもっともらしいことを口にした。

「追っ付け、電力の然るべき立場の人から、説明があるだろう。それまでは黙秘を続けておくんだな。警察だけじゃない。世間に対しても、だ。それが身のためだ」

あの刑事と同じことを言って榊は席を立った。注文したコーヒーは手つかずだった。テーブルに、五千円札が残されていた。

昼前に喫茶店を出た俺は、行く当てもなく、作業員宿舎のプレハブの自室に戻った。タクシーを拾えば二十分の距離だが、俺は徒歩を選んだ。歩きながら、今朝からのことを考えたかった。俺の頭の中は、混乱の極みだった。大人の政治力学と榊は言ったが、その意味がまったく理解できなかった。四時間近く掛かって作業員宿舎の自室に戻ったのは夕暮れ時だった。

ベッドに転がって、天井を見上げたままの恰好で過ごした。やがて複数の車両のエンジン音や、男たちの話し声が聞こえてきた。ゴールデンウィークが終わって、作業員宿舎の日常が戻っていた。思いついてスマホを手にした。電源はオフのままだった。オンにした。五件の不在着信があった。すべて純也からだった。掛け直そうとする間もなくスマホが鳴動した。「ジュン」とディスプレーに表示された。唾《つば》を飲んで通話ボタンをタップした。

「釈放されたらしいな」

いきなり純也が言った。なぜこのタイミングで知っているのか、不思議に思った。

「俺も警察に呼び出された。ただの参考人扱いだったがな」

純也と俺の車の間に立って、無線連絡していた警察官の姿が目に浮かんだ。

「俺は知らぬ存ぜぬで通した。おまえに呼び出されて宿舎に行ったが、早く着きすぎて、おまえも部屋にいなかったので、あたりを探していたとごまかした。警察が来たときには、近所のコンビニに行っていたと説明した。車で行かずに、徒歩で行ったのは、俺の車を見て、おまえが俺の来訪に気付くだろうと考えたからだと言い逃れした。あの宿舎からコンビニまでは、歩きだと、片道三十分はかかる。コンビニの外のベンチでスマホのゲームをしていたと言ってやった」

純也は饒舌《じょうぜつ》だった。聞いてもいないことをペラペラと喋った。俺は、そんな純也の言うことを、ぼんやりと聞いていた。

「おまえに話がある。電話でできる話じゃない。仙台で会えないか」

「話？」

「ああ、高橋さんの件だ。シナリオにいささかの変更が生じたが、俺はまだ諦めちゃいない。むしろ状況は好転したくらいだ」

受話器の向こうで、純也が喉を鳴らして笑った。無理に悪ぶっているように感じた。まだそんなことを言っているのか。俺は無力感を覚えて溜息をついた。

「もう、その話はいいだろう」

「おまえ、ぜんぶぶち壊して逃げるのかよ。大金が欲しくないのか」

純也が声を荒らげた。

「今日の今日とは言わない。明後日だ。明日はな、電力の上の人が、おまえに接触するはずだ。それを終わらせて、俺に会いに来い」

電力の然るべき人。榊が言ったことと同じことを純也が口にした。

「だから、明後日だ。いいか、逃げんじゃねえぞ。泊まりのつもりで仙台に来い」

脅すような口ぶりで言って通話が切れた。明日、何があるというのだ。電力の然るべき人が、俺にいったい何の用なんだ。

それ以前に、焼身自殺したはずのおやじさんが、ショッピングモールのごみ置き場で死んだことになっているのはどういうことだ。

考えれば考えるほど、俺の頭は混乱した。窓の外はすっかり暮れていた。空腹も感じなかった。朝から食べたのは、榊と行った喫茶店で食べたツナサンドだけだった。おやじさんに食わせてもらった刺身が浮かんだ。ヤマメの塩焼きの味も、舌が覚えていた。まだ食っていない、藻屑蟹《もくずがに》のことまで思い出された。

とても眠れそうになかった。二階の角部屋の外階段から、月明かりを頼りに、階下に降りた。階段脇の自動販売機で缶酎ハイを買った。グレープフルーツ味のロング缶を二缶買って、部屋に戻った。ベッドに腰掛けて飲んだ。あれこれ考えることが多すぎて、酔えない酒だった。考えても、わからないことだらけだった。一時間くらいかけて二缶を空けた。また階下に買いに降りた。同じものを二缶買った。そんなことを繰り返した。グレープフルーツ味が売り切れたので、ダブルレモン味にした。

眠気がなかったわけではない。留置場暮らしで、身体にどんよりとした疲れが溜まっていた。それでも俺が眠らなかったのは、おやじさんの最期の姿に、またうなされる予感があったからだ。眠らなくても、それは俺の脳裏に浮かんで、俺を苦しめた。逃れるためには、飲み続けるしかなかった。もっと強い酒が欲しいと思った。しかし作業員宿舎の自動販売機には、缶チューハイと発泡酒しかなかった。

夜中になって、辺りが静まり返った。どこかの部屋から、鼾《いびき》が俺の耳に届いた。プレハブの作業員宿舎は、驚くほど壁が薄い。苦しげな鼾が、親父さんの断末魔の叫びに思えて、テレビのスイッチを入れた。何でも良かった。あの鼾を消してくれる音なら何でも良かった。通販番組だった。チャンネルを切り替えた。何度目かの切り替えで音楽番組に当たった。海外のアーティストが歌っていた。音量をフルにした。直ぐに隣の部屋から、壁をノックする音がした。鼾はまだ続いている。ノックを無視した。途端、壁が破れるかと思うほどの衝撃が、俺の部屋を震わせた。拳で殴ったのか、脚で蹴ったのか。

仕方なくテレビの電源を落とした。キレた隣室の作業員に怒鳴り込まれるのが、煩《わずら》わしく思えた。プレハブ全体を震わせた隣室からの衝撃音に反応したのか、鼾も止んでいた。静寂の中で、俺はおやじさんの最期に憑かれていた。考えまいとすればするほど、それが浮かんできて、俺は動悸を激しくした。呼吸が荒くなった。珠《たま》の汗が、額に噴き出て流れた。現場に足を運んでみるかとも考えた。外は明るい月夜だった。始末されているに違いない現場を確認したら、少しは呪縛から逃れられるかもしれない。そう考えた。

しかしその考えは、直ぐに押し留めた。おやじさんがそこにいる。そう思えた。穴の中で蹲《うずくま》る黒焦げのおやじさんの姿が、鮮明にイメージされた。イメージの中で、炭になって俯《うつむ》く、おやじさんの頸《くび》が後ろに折れて、焼け爛《ただ》れた貌《かお》が、俺に向けられる。肉が黒く焼け焦げて、剝き出しになった歯だけが、異様に白い。大きく開かれた口から「ちゃんと殺してくれよぉ」と、おやじさんの呻《うめ》き声が、俺の耳に届く。肺の奥からブクブクと泡立つ声だ。俺は、声に背を向けて逃げ出す。ただでさえ細かったおやじさんが、炭になって、枯れ枝のような腕を穴の淵にかけて、穴から這《は》い出してくる。腕だけで、脚は胡坐《あぐら》を組んだままで、下半身を引き摺《ず》って、蟲《むし》のように這いながら、とんでもないスピードで、おやじさんが俺を追ってくる。「ちゃんと殺してくれよぉ」呻きながらだ。

またどこかの部屋から鼾が聞こえてきた。薄い壁を震わせる乱暴な鼾だった。

車のエンジン音や、出勤する作業員たちのざわめきに、俺は浅い眠りから覚めた。頭の芯に酔いの痛みがあった。時刻を確認しようと手にしたスマホが震えた。表示された番号は、登録していない番号だった。

「関口《せきぐち》と申します」

相手が名乗った。落ち着いた年齢を思わせる声だった。素性は言わなかった。どうやら『電力の然るべき人』のようだと推測した。

「今、郡山《こおりやま》におります。お呼び立てして恐縮なのですが、こちらでお話しできませんか。そちらでは人目が障《さわ》りますので」

いかにもこなれた社会人らしい、丁寧な口調だった。

「郡山まで行くのは、車で三時間くらいかかると思います」

行ったことはないが、距離を考えればそんなものだろう。途中、山越えもある。

「お待ちします。お急ぎになる必要はありません」

そう言って、郡山市内のホテルの名前を口にした。「場所はおわかりになりますか」と心遣いを見せた。

「スマホのナビ機能を使えば大丈夫だと思います」

「そう、若い人にはそれがあるのですね。いらぬ心配をしました。では、現在朝の七時前ですので、一時間後のご出発ということで、余裕をみて十二時ごろにお会いするということでよろしいでしょうか」

了承した。四時間後なら余裕だろう。

「お待ちしております。お気をつけてお越しください」

あくまで相手は低姿勢だった。通話を終えて、俺は風呂場に向かった。寝汗で湿った身体を流したかった。除染作業の休業期間が終わっているので、湯が使えた。無人の、一人では大きすぎる浴槽に、俺は、二日酔い気味の身体を沈めた。関口と名乗った男に会う目的はひとつだけだ。おやじさんの死の真相が、とんでもなく歪《ゆが》められている。榊の言葉を思い出した。「大人の政治力学が働いたのでしょう」と奴は言った。詳しい説明はなかった。関口に会えば、すべてがわかるはずだ。そのために、俺は郡山に行く。おやじさんの焼身自殺は、おやじさんと俺だけの、個人的な出来事なのだ。それを歪曲《わいきょく》されたことが、俺には、どうしても我慢できなかった。

郡山のホテルには、予定の一時間以上前に到着した。ホテルの車寄せに停車すると、制服を着たボーイがドアを開けてくれた。「ご宿泊ですか」と訊かれたので、俺は自分の名を名乗り、面会の約束があると、関口の名前を伝えた。ボーイが胸のインカムのマイクでそれを確認した。

「ご到着はフロントから、お部屋でお待ちの関口様にご連絡申し上げます。お車は駐車場にお停めしておきますので、鍵を挿したまま、館内にお進みください。鍵はそのまま、フロントでお預かりしておきますが、出庫の際も、こちらでお世話させていただきます」

丁寧な案内だった。海外だったら、このタイミングでチップを渡すのだろうが、日本の場合はどうなのだろう。高級ホテルを利用したこともない俺は、いらぬ心配をしながら、ホテルのロビーに足を向けた。

待つまでもなく、ロビーに一人の男が姿を現した。裕福そうなホテルの利用客に紛れても、男の立ち姿は明らかに違った。周囲とは雰囲気が違う、一段上の人間だった。男は迷わずに俺に歩み寄って、軽く頭を下げて「関口です」と名乗った。

関口にホテル内の『会津』という店に誘われた。

「お若い方ですから、牛のほうがよろしいでしょうが、せっかく福島まで足を運んだのです。年寄りのわがままに付き合ってください」

関口が恐縮して言った。背筋がすっきりと伸びて、腹も全く出ていない関口は、本人が言うほど年寄りには見えなかった。血色も悪くなかった。あえて歳を感じさせるのは、短く整髪された銀髪くらいだった。

『会津』は馬肉料理の店だった。ホテルもそうだが、その店の構えも、いかにも高級店を思わせる構えだった。

「すいません。よく考えずに、作業着のまま来てしまって……」

そのときになって初めて俺は、自分の身なりが周りの空気から浮いていると意識した。身なりだけではない。寝不足なうえに二日酔いだ。鏡を見なくても、酷《ひど》い面相をしているに違いない。相手は仕立てのいい薄い紺色のスーツだった。ワイシャツは、眩《まぶ》しいほど真っ白にクリーニングされていた。関口が、穏やかに笑顔を見せて首を横に振った。

「気にすることはありません。東北は今も被災地です。被災地では作業着がスーツです」

そう言ってくれた。

俺たちは、個室に案内された。掘り炬燵式の席に、向かい合わせで座った。馬肉は食べたことがなかった。同じ福島に育ちながら、俺は会津が、日本でも有数の馬肉の産地だということも知らなかった。関口が、まず注文したのは『極上赤身刺身』だった。サイコロステーキほどに角切りされた赤身は、それでいて柔らかく、口にまったく障らなかった。辛味噌ダレを軽くつけて頬張ると、あまりのうまさに、一瞬、関口に会いに来た目的を忘れてしまうほどだった。

「どうにも歳をとりますとね、健康が気になります。その点馬肉は、低カロリー高タンパクで――」

関口の講釈が始まった。

馬肉に含まれるペプチド成分は、血管を拡張し、高血圧の予防にもなるらしい。コレステロール値を下げるリノール酸、リノレン酸を多く含み、という段になると、俺は少しうんざりした。健康になるからではなく、旨《うま》いから喰うではいけないのか。口にこそ出さないが、軽い反感さえ覚えた。少なくとも、おやじさんならそう言っただろう。おやじさんは、食いものの講釈をするような大人ではなかった。俺の不機嫌を察知したのか、関口が酒を勧めてきた。

「昼間から不謹慎と思われるかもしれませんが、私は、会社の実務からは離れている人間です。半分引退した身ですから、それくらいは許されるでしょう」

そう言われて、さっき関口からもらった名刺を思い出した。肩書が調査役になっていた。所属は役員室だった。俺の返事を待たず、関口が注文した酒は『飛露喜』という銘柄だった。関口がキープしていたのだろうか、封を切っていない一升瓶が卓上に置かれた。「二合で頼む」と、一升瓶を持ってきた仲居に関口が指示した。心得顔で仲居が下がった。仲居を見送った関口が「ひろきと読みます」嬉しそうに言った。

「もともと会津は、酒に関しては残念な土地だと低く評価されていました」

ここでも関口の講釈は止まらなかった。

山を越えた新潟の端麗辛口酒が、一世を風靡《ふうび》する中で、会津は「二級酒天国」などと揶揄《やゆ》された。べたべたと不自然な甘さが不評を買った。

「そこにくさびを打ち込んだのが、この酒の、廣木《ひろき》さんとおっしゃる若い蔵元さんです。今では、過去の汚名を返上して、会津は日本を代表する銘酒の産地になっています。そのきっかけを作ったのが、この飛露喜です」

あまりの売れ行き不振に、一時は、廃業も考えた蔵元らしい。ラベルを印刷する金もなく、初期の飛露喜のラベルは、蔵元の母親が手書きしたものだった。

さっきの仲居がテーブルに来て、関口と俺に、それぞれ二合ずつ、飛露喜が、淡い水色のガラスの徳利に注がれた。ぐい飲みは深い碧《みどり》の、やはりガラスだった。

「これは」と、左右の手で、関口が徳利とぐい飲みを持ち上げて、自慢げに言った。

「津軽びいどろです」

津軽といえば青森か。俺にはそれくらいの知識しかなかった。

「津軽びいどろの発祥は、青森の、北洋硝子の、漁業用浮玉に遡《さかのぼ》ります。ほかの産地のものと比べ、耐久性が高いという評価を受けて、北洋硝子は、浮玉のシェアーを全国規模に広げました。その宙吹きの技術が、津軽びいどろに活かされています。青森の四季をモチーフにした津軽びいどろは、青森県の伝統工芸品にも指定されています。その工房を支えているのも、若い職人さんたちです」

関口が右手に掲げた徳利から、左手に持ったぐい飲みに、飛露喜を注ぎ入れた。「さっ、ご遠慮なさらずに」と俺にもそれを勧めた。俺が注ぐのを待って、軽く乾杯のまねをして、関口が一息で飲み干した。俺もそれに倣《なら》った。ストンと酒が胃に落ちた。その後に口中に爽《さわ》やかな香りが広がった。それが鼻孔から優しく抜けた。

「どうですか？」

覗き込むような視線を関口が俺に向けた。

「うまいです」

正直な感想を言った。関口が相好を崩した。そのあたりで俺は感じていた。講釈好きなおやじだと、半ば閉口していたが、それだけではないらしい。関口の東北愛のようなものを感じて、俺は相手に、わずかばかりの親近感を抱き始めていた。

「関口さんも東北の出身なんですか」

試しに聞いてみた。

「ええ、秋田の生まれです」

気負いもなく関口が肯いた。

「豪雪とかまくらで有名な、横手市の出身です。有名といっても、知る人はどれくらいいるか。要は他に自慢がないとも言えますけどね」

照れる顔で関口が言った。

「でも、果物の栽培は盛んです。あきたこまちも多く収穫されます。土地の肥えた好い里です」と、故郷を弁護した。

もっと会話がしたくなって、「田酒はどうですか」と訊ねてみた。あれも青森の酒だったはずだ。おやじさんは春に合う酒と評していた。ヤマメの塩焼きを肴《さかな》に飲んだことが、昨日のように思い出された。

「ああ、あれもいいですね。田んぼに由来するものしか使わない。つまりは米だけ。だから田酒なんですよね」

また嬉しそうに、関口が講釈を口にした。そのことで、俺はますます関口に対する親近感を強くした。その親近感を抱いたまま、俺は、関口が馬刺しに続いて注文した馬肉のすき焼きに箸をのばした。

夕方近くまでゆっくりと食事して、俺たちは、飛露喜の一升瓶を空にした。『会津』の後で、ホテル最上階のスカイバーに誘われた。二人とも、そこそこ飲んではいたが、真剣な話ができないほど酔ってはいなかった。俺はビールを、関口はウイスキーの水割りを注文した。眼下に、夕暮れの、郡山市の景色が広がっていた。

「さて、これからが本題です」

口調は柔らかだったが、さっきまでの笑顔を収めて関口が切り出した。

「私たちが今回の経緯を知ったのは、小井戸君からの連絡でした」

純也？　意外な人物の名前が関口の口から出た。それと同時に「まだ諦めちゃいない。むしろ状況は好転したくらいだ」と言った純也の言葉が蘇った。純也は仲人を務めた電力の課長さんだった人物に、経緯を連絡したらしい。

「高橋さんが、高線量被曝による染色体の崩壊に悩んでいたこと、皮膚の腫瘍《しゅよう》を死後に怪しまれ、被ばくを疑われることを懸念していたこと。それを隠ぺいするために、焼身自殺を選んだこと。それにきみが手を貸したこと。すべて知りました。きみは自首しているから、恐らく執行猶予が付くだろうと、榊くんの事務所の先生も言ってくれましたが、会社としては、その流れを認めるわけにはいかなかったのです」

それだけ言って、関口が姿勢を改めた。膝に手をついて「申し訳ない」と頭を下げた。

「たとえどんな事情があるにしろ、原発事故の初期対応で、高線量被曝者が出てしまったのでは、会社としてかなり拙《まず》いことになってしまいます」

事故後の世評が、電力会社に対して、完全な逆風であったことを理解して欲しいと関口は言った。だからおやじさんの死を、不注意な、酒に酔った除染作業員の個人的な事故だと歪曲したのだと説明して、再び「申し訳ない」と頭を下げた。説明は説明として納得できたが、今回の件には警察も絡んでいる。そんな簡単に事実を歪曲できるものなのか。俺は、疑問を口にした。

「それが原発行政なんです。ある意味、私自身も厭《いや》になることがあります」

神妙に関口が言った。

「電力がどれだけ大きい会社であっても、一企業だけで、ここまでの歪曲ができるものではありません。今回の件には、もっと上も関わっています。それほど強い力が動いたということです」

俺は、応えることができずに沈黙した。俺なんかが、想像もできないような世界を垣間見たような気がして、圧倒されていた。

「ずいぶん勝手なことを言うようですが、結果として、今回の始末のつけ方は、高橋さんの遺志を汲むものではないでしょうか。しかし、ひとつ間違えば、殺人罪にも問われかねない自殺幇助まで犯して、高橋さんとの信頼関係を守ったきみには、ほんとうに申し訳ないと思っています」

関口がまた「許してください」と深々と頭を下げた。その姿勢のまま固まった。真摯《しんし》な詫びの気持ちを感じた。「頭をあげてください」と、俺は言った。

その日はそのままホテルに泊まった。酒を飲んでいたので、車が出せなかった。部屋は関口が手配してくれた。翌朝、朝食会場に指定されたレストランに足を運ぶと、すでに食事を終えた関口が待ち構えていた。流れで、関口のテーブルに座った。

「昨夜はゆっくりできましたか」

「おかげさまで」

そんな会話を交わした。

「今日のご予定は」と訊かれたので「純也、いえ、小井戸に、仙台まで呼ばれています。そちらに向かおうと思っています」と答えた。

「そうですか」

肯きながら関口が、隣の椅子に置いてあった書類カバンから、封筒を取り出した。いったんテーブルに置いたそれを、右手で、俺の前に押し出した。

「今回のお礼です」

中身が金だと、確認するまでもなかった。

「三百万円あります」

そう言われて生唾を飲み込んだ。

「どういう意味でしょう」

「お礼です」

無表情が貼り付いた顔で関口が言った。

「口止め料というわけですか」

口を歪めて糺した。関口は無表情のままだった。突き返せと、心の中で自分に命じる声がした。あのことは、おやじさんと俺だけのことなのだ。金を貰う謂《いわ》れなどない。

――突き返せ。

しかし俺の左手は、封筒の上に置かれたまま、石にでもなったように動かなかった。あれがまた始まった。地元を離れて以来、忘れていたあれだ。俺の脳が熱を持ち始めている。脳が鉛《なまり》になって、急激に熱を帯びる。鉛を溶かす熱だ。俺は抗えなかった。左手で封筒を押さえたまま、左手だけでなく、いつしか全身が石になった。

「それでは、わたしは東京に戻りますので」

関口が軽く会釈して席を立った。俺は何も言えず、それどころか、左手で封筒を押さえたまま、早く関口に、この場から立ち去ってほしいとさえ考えていた。卑怯者の考えだった。

「もう、お会いすることはないと――」

それだけ言って、関口が言葉を切った。「願っています」と続けた。冷たい目で言った。関口が立ち去って、俺は、人目を憚《はばか》るように、三百万円の封筒を、作業着のサイドポケットに捩《ね》じ込んだ。ずっしりと重みを感じる封筒だった。

昼過ぎに郡山のホテルを出た。そのまま国道四号線を北上した。時間距離を考えるなら東北道だが、純也には現場がある。着くのは夜になってからで十分だろうと考えた。ゆっくりと車を走らせながら、今までのことを反芻《はんすう》した。高橋のおやじさんの焼身自殺が歪曲されたことに対する蟠《わだかま》りが、完全に払拭されていたわけではなかった。しかし関口が言った「高橋さんの遺志を汲むもの」という言葉には、納得していた。確かにその通りだと思った。除染作業員は、クズの集まりというような偏見が、福島の被災地にはある。実際に、多くの除染作業員の不始末が新聞紙面を賑《にぎ》わせた。それらの出来事に、おやじさんの死は紛《まぎ》れてしまうだろう。一般人なら記事にならないようなことでも、除染作業員となると、記事になる。そのせいもあって、除染作業員の不始末の報道を目にすると「また除染の奴らかよ。ほんとうにどうしようもない奴らだな」と嘆息する癖が、いつの間にか被災地の当たり前になっていた。だから、おやじさんのことも、「除染作業員が」という文脈で、流されてしまうことになるだろう。除染作業員というだけで、俺たちの思考は停止する。

おやじさんについての捏造《ねつぞう》記事もそうだ。第一報では、油が燃えた痕跡があげられていた。そのうえごみ置き場は、外側から留め金が掛けられていたと報じられていた。続報では、男性の身元が除染作業員となっていた。油の燃えた痕跡にも、外側から留め金が掛けられていたことにも触れず、酔ってごみ箱にもぐりこんで、タバコの火の不始末で災禍にあったとされている。

おかしいだろう。二つの記事を読み比べて、疑問に思わないのか。『大人の政治力学』とやらで動いた連中も、このあたりの辻褄《つじつま》合わせに遺漏《いろう》があったのだろうが、それでも世間は納得してしまう。それは主語が「除染作業員」だからだ。しょせん除染作業員の一人や二人、死んだところで、福島の被災地で、それを悼《いた》む者などいないのだ。

俺が、奴らの隠ぺいに納得していても、割り切れないことがあるとすれば、最後に奴らが、おやじさんに除染作業員の仮面を被せたことだ。おやじさんは、誇り高い原発作業員だった。原発が日本にとって必要なものなのかどうか、俺なんかに判断できるはずがない。しかしおやじさんは、実直に原発を守ってきた。原発を守るために、最期は命まで投げ出したおやじさんなのだ。それでも、おやじさんの遺志がと言われれば、俺は反論できなくなる。割り切るしかないのだろうと、自分の思いに決着をつける。

車が宮城県に入った。純也はまだ除染作業の現場だろう。昼飯にするかと、国道沿いのラーメン屋の駐車場に車を乗り入れた。東北南部を中心に展開する大衆チェーン店だ。ここに来るまでも、十軒は、同じ系列の店を通り過ぎた記憶がある。野菜山盛りが売りのタンメンを注文した。

純也に勧められた通り、今夜は仙台に泊まるかと考えた。勧められたというのではなく、半ば強要する口調だったが、作業員宿舎に戻る気がしなかった。短い期間だったが、あの場所は、おやじさんとの想い出が濃密過ぎる。前回は純也の部屋に泊めてもらった。純也と同居する女は、彼女の友達の家に泊まった。今夜はそうもいかないだろう。仙台は東北最大の街だ。ホテル探しに困ることもないはずだ。しかし仙台のホテルの相場が、俺にはまるで見当がつかなかった。タンメンを食べながら、スマホで検索してみると、五千円くらいの安いホテルもパラパラあった。

ホテルを検索しながら、俺は、作業着のサイドポケットで嵩張《かさば》る三百万円のことを考えまいとした。意識して考えないようにした。まだそれが、自分の金だという実感がなかった。認めたくなかった。これが自分の金だと思えれば、ホテルの料金のことなど心配する必要はない。国道沿いの大衆チェーン店で、昼食を食う必要もない。しかしこの金は、少なくとも、そんなものに使っていい金じゃない。受け取るべきではなかった金だ。

金と言えば、俺には気掛かりなことがあった。純也だ。どうして純也は、俺に会いたいと言ったのだろう。シナリオに変更があるとも言った。状況はむしろ好転しているとも。

まだ純也は、おやじさんの死を、金のネタにする気でいるのか。しかし俺が釈放されたのは、純也が、純也の仲人を務めた電力の課長に、ことの真相を打ち明けてくれたからだ。関係者が真相を知ったうえで、これ以上、どんなシナリオがあるというのだろう。ただの関係者ではない。警察の捜査まで捻じ曲げる力を持った連中なのだ。そんな連中を相手に、どんなシナリオが描けるというのだ。

会えばわかるか。

苦笑した。わからないことをあれこれ考えるのは、性分でなかった。純也が何を考えているのか、会えばわかる。そう自分に言い聞かせて、俺は、味のしないタンメンを腹に詰め込んだ。

仙台に着いた俺は、仙台駅舎の屋上駐車場に車を停めた。ワゴンセールで、千円で買った腕時計を確認した。午後三時を少し回っている時間だった。純也の携帯を鳴らすと、通話はすぐに繋がった。

「どこにいる？」

純也に訊かれた。

「仙台駅の屋上駐車場だ。除染の現場が終わるまで待つよ。こっちに戻るのは、何時ごろになる？」

「俺も仙台だ」

純也が言った。

「こんなときに、現場になんか出られるかよ」

「でも、職長のおまえがいなかったら、現場が動かないだろう」

職長は、現場の安全と作業進捗《しんちょく》を管理するのが役割だ。そのことを、純也から聞かされたことがあった。「管理といったって、何をするわけでもない。ただ現場で突っ立っているだけだ。まあ、それで月に三十二万貰えるんだから、文句はないがな。おっと、キックバックが三百二十五万円か」そう言って純也は下品に笑った。

「職長事情で、今日の現場は止めた」

あっさりとした口調で純也が言った。現場が止まれば、今日の分の作業日当は出ない。一万円にも満たない作業日当だろうが、それで困る作業員もいるだろう。

「そんなことより」純也がせっかちに言った。「こっちに来ているんなら、今から会おうぜ。俺のマンションの場所わかるよな。わからなかったらタク拾って――」

「同居している彼女がいるだろ」

純也の部屋には行きたくないという気持ちを、そんな言葉でごまかした。

「あいつは夕方まで爆睡だ」

鼻を鳴らした。

「聞かれて拙い話もあるんじゃないか」

「そんなのあるかよ。リエは今度の話、全部承知している。おまえより詳しいくらいだ」

俺はどうしても純也の部屋には行きたくなかった。豪華なマンションと、そこに同居しているクラブ勤めのスレンダー美人と、今の純也の生活を象徴するような場所だ。ただでさえ、厄介に思っているサイドポケットの三百万が、よけい鬱陶《うっとう》しくなる気がした。

「気を使いたくないいんだ。駅前で話ができるところを指定してくれないか」

「おかしな奴だな。無二の親友に気なんか使うなよ」

誰が無二の親友なんだよ。言い返してやりたかったが、ぐっと堪《こら》えた。俺の沈黙に、純也が溜息を吐いた。

「わかったよ。めんどくせえ奴だな」と言ってホテルの名前を口にした。

「仙台駅の屋上駐車場って言ったな。東口に、そこから見えるだろ」

純也に言われて眺め渡すと、駅の東口にそれらしいホテルが見えた。

「茶色の外壁のホテルだな」

「そうだ。そこに部屋をとれよ。ロビーじゃできない話だ。十五分で行く」

そう言って通話が切れた。

仙台駅と陸橋で繋がったそのホテルに部屋をとった。当日の飛び込みだということで、デポジットを請求された。三万円だった。持ち合わせが足りなかった。封筒の三百万から、適当に万札を引き抜いて支払った。旅行鞄も持たない作業着姿の男が、分厚い封筒から札を抜き取っているのを、訝《いぶか》しげにフロントの係が見ているのではないかと、自意識の塊になった。俺が部屋に入って五分もしないで部屋の電話が鳴った。純也だった。

「待たせたな。部屋に上がる」

短く言った。フロントに注意書きがあったのを思い出した。《ご面会のお客様とのお打ち合わせはロビーでお願いします。宿泊のお客様以外の方がお部屋に入室されるのは、かたくお断りします》とあった。そのことを純也に告げた。

「何言ってんだよ」

純也が鼻で笑った。

「そんなの建前に決まってんだろ。東京のリーマンが、出張先で遊ぶのに、デリの女を呼びまくるホテルなんだぜ。ホテル側も、いちいち気にしてるかよ」

辺りを憚《はばか》らない声だった。五分としないうちに、部屋がノックされた。

「おまえが自首したときには、チョー焦ったぜ」

純也の第一声だった。無理に明るく言う声に聞こえた。純也が肩に担いだ木刀袋に目がいった。菖蒲《しょうぶ》柄の、かなり本格的な木刀袋だった。

「こっちでも剣道をやっているのか」

「ああ、これか。これは護身用だ」

事も無げに言った純也が、それを肩から外し、ベッドの脇の布張りの椅子に立て掛けた。

「護身用？　そんなものが必要なのか」

むやみに木刀を持ち歩いていると、警官に職務質問される。防具と一緒なら、ほとんどその心配はないが、単体で持ち歩くなと、剣道部の顧問から注意された記憶がある。

「気のせいかもしれないが、最近、背中に殺気を感じることがあるんだ。まあ、用心のためだ。俺たちみたいに修練した人間が、こんなものを生身の人間に使ったら、相手を壊すくらいでは済まないことくらい心得ているよ」

純也が苦笑気味に笑った。相変わらずの爽やかな笑顔だった。

「そんなことよりおまえの自首だ。でも、俺は読んだね。おまえは、高橋のおっさんの被ばくのことは喋らない。だってそれをゲロしたんじゃ、おっさんの遺志に背くもんな。俺の読み通りだ」

自慢げに言いながら、純也が部屋の冷蔵庫を開けて、断りもせずに缶ビールを取り出した。冷蔵庫に貼ってある料金表には、市価の倍ほどの値段が書かれてあった。精算するのは俺なのに、躊躇わずプルトップを開けて、純也がそれを喉に流し込んだ。俺は、純也の喉仏が大きく上下するのを、ただ黙って見ていた。

「俺は、直ぐに、事の顚末を電力の課長に連絡した。おまえが自首したことも、伝えた。しかしおまえは、絶対に喋らないって、太鼓判を押した」

鼻の穴を膨《ふく》らませて興奮していた。

「さすが電力さんだ。そのあとの動きの速さには驚いたぜ」

ベッドに座る俺に向かい合うように、応接セットの布張りの椅子に深く腰を下ろして、足を組んだ。

「新しいシナリオってなんだ。前より状況が好転したって、どういうことだ」

気にかかっていたことを純也に糺した。

「まさか、あんな手を使うとはな。ショッピングモールのごみ捨て場で、酔っ払って焼死した除染作業員かよ。さすがの俺も、その落としどころは思いつかなかった」

俺の問いを無視して、純也が愉快そうに嗤《わら》った。

「しかも警察まで巻き込んで、だぜ。いったいあいつらのバックは、どこまで底が知れないんだよ」

純也がビールを飲み干した空き缶を、無造作に、部屋の隅の屑箱に投げた。空き缶が屑箱の縁にあたって、床に転がった。それを拾う素振りもせずに、純也が立ち上がって冷蔵庫を開けた。新しい缶ビールを取り出した。冷蔵庫の扉に手をかけて、腰を折った姿勢のままで、俺に視線を投げかけて「要るか」と言った。俺は首を横に振った。純也が椅子に戻った。再び足を組んだ。

「さて、ここで新しいシナリオだ。おまえ、もう一度自首しろよ」

言われたことの意味が理解できなかった。

「何言ってんだよ。あの事件は、警察的には、もう終わってんだ。自首したって相手にもされないだろう」

「誰が警察に自首しろって言ったよ」

「自首するって言ったら警察だろう」

「そうか。俺の言い方が悪かったな。だったらこう言い換えるよ。マスコミに、カミングアウトしろよ」

「意味がわかんねえんだが」

純也が組んだ足を解いて、両腿に肘を当て、前のめりの姿勢になった。両手の指を絡ませて、上目遣いの視線を俺に向けた。

「真実を世間に教えてやるんだよ。原発事故の初期収束作業で、高線量被曝したにも拘《かかわ》らず、原発に迷惑をかけたくないと、焼身自殺を選んだベテランの原発作業員の死を、警察までぐるになって、電力が隠ぺいしたことを、世間に教えてやるんだよ」

キナ臭い火薬の臭いがした。純也の口元から漂う臭いだった。

「そんなことをして、どうなるんだ」

言葉が足りないと思った。もっとはっきり訊いてやらないと、純也には通じない。「おまえにどんなメリットがあるんだ」と言い換えた。純也が、スーツの胸ポケットから一枚の名刺を取り出した。純也が恭《うやうや》しく差し出したそれは、普通の名刺より、ひとまわり大きいサイズの和紙の名刺だった。紙の繊維が、四辺から、無造作にはみ出ていた。毛筆を模した字体で〈燎原舎《りょうげんしゃ》／イグニス主筆／赤崎健人《あかざきけんと》〉とあった。住所も電話番号も書かれていない名刺だった。

「誰だよ？」

明らかに素人とは思えない名刺に、俺は警戒した。

「国士だ」

純也が誇らしげに胸を張った。

「国士無双の国士だ。あっ、おまえは麻雀をやらないか」

間抜け面で言った。麻雀はやらないが国士の意味くらいは知っていた。

「要は、右翼を名乗るチンピラか」

馬鹿にしていることが相手に伝わるよう、細めた目線を逸《そ》らして言ってやった。俺の思惑は空振りした。

「俺は先生に世話になっている。燎原舎は、燎原の火のごとく、日本の悪を焼き尽くすという先生の心意気を表したものだ。イグニスというのは先生が主宰する雑誌の名前で、公称五万部の発行を誇る情報誌だ。イグニスはラテン語で火という意味だ」

いかにも受け売りですという口上を、純也が一気に述べた。

「燎原の火の意味を教えてやろうか」と言われたので、知っていると答えた。「さすがだな。おまえ、よく本を読んでるもんな」感心する純也がアホに思えた。

「で、その右翼と何を企もうというんだ」

どうやら純也には、右翼という言葉が、ネガティブには聞こえてないようだった。むしろ誇れる存在として、心酔しているように思えた。

「先生が直々におまえを取材してくださる。それをイグニスで記事にする。この世の悪に正義の鉄槌《てっつい》を下す記事になる」

「その記事をネタに電力を強請《ゆす》るのか」

それが新しいシナリオなのだろう。俺は、純也が憐れにさえ思えてきた。

「人聞きの悪いことを言うな。先生はそんな人物じゃない。正義の鉄槌でだな――」

「もういいよ」

純也の言葉を遮った。アホらしくなってベッドから立ち上がった。冷蔵庫に歩み寄って、缶ビールを取り出した。いつの間にか火照《ほて》っていた喉に、冷えたビールが沁みた。半分ほど飲んで、ベッドに戻り、純也に向かい合った。

「よく考えてみろよ」

頭に血が上っている純也を諭すつもりで言ってやった。

「たとえそんな記事を書いてもだ、証拠がないじゃないか。無視されたらそれで終わりだ」

「証拠ならある。高橋のおっさんの遺書だ」

「あれは灰になっただろう」

「原本は、な。ところが先生の手元にコピーがあった。先生は、以前俺がおっさんの遺書を見せたとき、一晩預かって参考にしたいと、コピーを取ってくださっていたんだ。その存在を電力の課長に臭わせた。それだけで、相手は慌てふためいていたよ。コピーでも効果絶大だった。今朝、関口とやらが、俺に接触してきて、三千万円で買い取ると言いやがった。たった三千万円で渡すわけがないだろ」

取ってくださっていた？　それは善意でやったことなのかと言ってやりたかったが、言うだけ無駄だと諦めた。

「以前ということは、今回の事件が起こる前から、先生とやらは、おやじさんのことを知っていたのか」

「ああ、おまえくらいは、な」

予感が働いた。

「もしかして、俺のこともか」

「ああ。俺は先生に隠し事はしないからな」

溜息が出た。

「俺が自首したあと、おまえはすぐに先生に連絡しただろう」

あて推量で言ってみた。

「なんで、それを……。確かにしたよ。それがいけないことなのか？」

すべてが繋がった気がした。

最初、おやじさんの遺書が一億になると聞かされたとき、俺はなんとはなしに違和感を覚えた。出すタイミングと、電力への交渉は、俺に任せろと純也は大見得を切ったが、純也には荷が重い仕事に思えた。そういうことか。

「シナリオを描いたのは、おまえの先生だな」

決めつけて言った。

「今回のシナリオだけじゃない。前のシナリオも、だ」

「何を言い出すんだ」

「もういい。無駄な反論はやめろ。俺が自首したあとで、電力の課長さんに通報したのも、おまえの先生の指示だろう」

純也が目を逸らした。図星のようだった。

「確かにすごい先生だ。そこまで読んでいたとは、な」

相手に通じない皮肉だとわかっていたが、言ってやった。

「しかし俺は、右翼の先生のシナリオに乗る気はない。何度も言うようだが、あれはあくまで、おやじさんと俺とのことだ。他の奴に関わって欲しくはない」

みるみる純也の貌《かお》が赤くなった。

「勝手なこと言うんじゃねえよ」

金切り声をあげた。

「いいか、今回のことは、おまえだけの問題じゃないんだ。俺だけの問題でもない。先生まで巻き込んでいるんだ。今さら降りますなんて、そんなお気楽な話が通ると思っているのかよ」

純也が激昂した。俺は冷静だった。

「おまえこそ、よく考えろ。相手は、電力だけじゃないんだ。警察まで動かせるレベルの権力が働いているんだぞ。電力を強請《ゆす》るのとは、わけが違う」

純也が鼻で嗤《わら》った。

「だからどうしたって言うんだよ。義はこっちにあるんだ。電力どころじゃないってか。確かにその通りだ。だからこそ、要求する金額も桁が変わってくる。五億なんてケチな話じゃない。五十億でもいいくらいだ」

「五億？」

俺は純也の言葉を聞き咎めた。

「最初におまえが言っていたのは、一億じゃないのか」

純也がしまったという顔をした。焦りに耳朶《じだ》まで赤くした。

「先生にもお礼をしなくちゃいけないだろう」

俺から目を逸らして、不貞腐れたように言った。

「電力を強請って、五億をせしめて、先生は、そのうちの四億を、ポケットに入れる気だったのかよ。とんだ国士だな」

今度は俺が鼻で嗤ってやった。

「お前に約束していたのは二千万だが、今度の件が成功したら、三億やる」

純也が切り口を変えて、俺を説得にかかった。

「国士の先生は、そのことを了解しているのか」

また探りを入れてみた。

「まだ完全に了解を得たわけではない。一番のカギになるおまえが乗ってくれないことには、話にならんからな。だが、お前が自首したとき、先生は、何らかの隠ぺい工作が行われる可能性を指摘していた。それをネタに脅せば、もっと金になると言ってくれた」

それだけ聞けば十分だった。ふざけた右翼の先生は、最初から金目当てで動いていたと、純也がゲロしたも同然だった。俺は、ベッドから立ち上がった。椅子に座る純也を、見下ろす格好になった。

「いいか、二度とこの話を俺に持ち込むな。不愉快だ。ついでに言っといてやる。おまえとは、おまえの腐った性根が直らない限り、絶交だ。出て行ってくれ」

腕を水平にあげて、ドアを指さし「出ていけ」と怒鳴った。純也の貌がたちまち蒼褪めた。血走った目を剝いた。凶暴な人格が、純也の殻を破って孵化《ふか》した。純也の変化にたじろぐまいと、俺は必死に歯を食いしばった。目線を外さなかった。純也がゆっくりと立ち上がった。当て付けのように、飲みかけのビールをベッドに転がした。零《こぼ》れたビールが、シーツの上で泡立って、沁み込んだ。

「先生が、おまえを赦《ゆる》さないぞ」

呟くように、宙に目を泳がせて言った。

「この期に及んで、まだ先生頼みか。俺は、親友のお前に絶交を告げているんだ。それを先生に言いつけてやるかよ。情けない」

吐き捨てた。純也が応えずに部屋を出た。

ベッドの上のビール缶と、床のビール缶を拾って屑籠に捨てた。ベッドのサイドテーブルの上に置いた俺の分の缶ビールをとって、口に含んだ。ビールは生温くなっていた。無性に腹が立って、そのビール缶を床に叩き付けた。中身が散って、盛大な泡をビール缶が吐き出した。ビール缶を、思い切り踵《かかと》で踏み潰した。半分くらい残っていたビールが、床の絨毯に弾け飛んで、黒い染みが広がった。


その夜俺は荒れた。東北随一の歓楽街といわれる国分町のキャバクラで、腰が抜けるほど飲んだ。何軒目かで扉を開けたキャバクラで、隣に座ったホステスに「何か、嫌なことでもあったんですか」と問われた。構わずに飲んでいると、「アッ、わかったぁ」と女が嬌声《きょうせい》を上げた。

「失恋したんでしょ」

言われて、酒を持った手が止まった。

俺が睨んだのを勘違いして、女が、「ごめんなさい」と小声で詫びて肩をすぼめた。上目づかいで、こわごわと俺の顔色を覗った。

「正解だ」

俺は、不器用に笑って、女の目線に応えた。

確かに、純也とのことは、失恋に似たものかもしれない。純也は仲間だった。剣道部で汗を流しただけでなく、小さいころから、何かといえばつるんで遊ぶ仲だった。高校を卒業して、二人して、町の剣道道場に通った。剣道を究めたいというのではなかった。剣道が好きだという理由だけだった。お互いに就職して、離れ離れになって、どこか共有できる空間が欲しかった。その道場は、年老いた退職警官が道場主を務めていて、主に通っているのは、近所の子供たちだった。『子供剣道塾』と看板が上げられていた。道場主が成人を相手にすることはなく、俺たちは互いを練習相手に汗を流した。月謝は月に三千円だったので、場を借りるだけという感覚だった。

通い始めて三年目に、道場主が逝った。急性の脳溢血だった。何人か通っていた成人が道場に集められた。残って子供たちに剣道を教えてくれないかと、年老いた奥さんから頼まれた。指導の謝礼は、三時間で千円だと言われた。子供が相手なので、それほど月謝を貰えないので、謝礼も十分には支払えないと泣きつかれた。

あまりの安さに呆れて、ほとんどが道場を去った。残ったのは、俺と純也を含めて、五人だった。そのうちの三人も、半年もせずに道場を去った。三人は、月謝が奥さんの生活費に充てられていることに腹を立てていた。元警察官なのだから、遺族年金も貰えるだろう。その上なんで俺たちが、奥さんの生活の面倒まで見なくてはならないのだと言った。純也と俺だけが残った。「金のことじゃないしな」そう言って、純也は爽やかに笑った。

道場は原発事故のときまで続いた。原発が爆発して、町から子供の姿が消えた。若い母親たちが、幼い我が子を外に出すことを嫌った。旦那だけ残して、子供と疎開した若い母親も大勢いた。道場は自然消滅した。

「ねえ、何を考えているの」

純也との想い出に浸っていた俺は、肩を揺する女の声で現実に戻った。

「別れた彼女のことが忘れられないの。そんなの、マキつまんない。今夜は、マキが恋人よ。他の人のことは考えないで」

キャバ嬢のマニュアルをなぞるような女の台詞に、俺は思わず笑ってしまった。

「いいじゃん。彼氏、笑うと素敵」

女が弾けるような笑顔を見せた。

「ちょっとニヒルな感じも、マキの好みだっちゃ」

自分の言葉に納得したように、女がコクコクと肯いた。

「何が、だっちゃだよ。おまえはアニメキャラかよ」

「違うよ。プンスカ。でもね」

一転、女の顔が曇った。

「もうすぐセットの時間なの。指名延長お願いできないかなあ。マキ、もうちょっと彼氏の隣に居たいのですう」

手を合わせて、甘えるように丸めた唇を突き出した。俺は和《なご》んでいた。鉛の脳も、黒焦げのおやじさんも、女の天真爛漫《らんまん》さが吹き飛ばしていた。純也のことも忘れられそうだった。それは間違いなく、俺が、酔っているからだろうが、一時的にでも、背負ってしまった重荷が下ろせるのなら、それでいいと考える気持ちのほうが強かった。

「じゃ、指名延長で」

俺の言葉に、マキと自分を呼ぶ女が、座ったまま、尻が浮き上がるほど跳ねて喜んだ。

ボーイが提示した勘定は、追加のセット料金と、場内指名料と、合わせて一万八千円だった。俺は、サイドポケットの封筒から二万円をボーイに渡した。釣りは女が好きなドリンクをやってくれと注文した。俺の手元を覗き見ていた女が目を丸くした。

「スゲー。金持ちじゃん。彼氏、何やってる人なの」

「除染作業員だよ」

「へえ、あれって、やっぱり儲かるんだ」

女が感心したように言って、俺はそこが仙台だったことを思い出した。福島で除染作業員を名乗れば、一気に場の空気が冷え込んでしまう。宮城では違うのだと、変なことに感心した。

「あれって、原発の中に入るんだよね」

女は除染作業員と原発作業員を混同していた。

「いくらくらい、貰えるの。ねっ、ねっ、彼氏の月給いくらなのかな」

無邪気に女が訊いてきた。

「三百二十五万円だ」

純也が得ているバックリベートの額を口にした。

「スゲー。彼女なんか、選び放題じゃん」

女は心底感心していた。

「おまえを彼女にしてやろうか」

俺が言うと、女が一瞬息をのんだ。次の瞬間、抱きついてきた。

「マジ、マジで。チョー嬉しいんですけど。なるよ、なる、なる。彼女にしてよ」

営業トークとは思えない口ぶりだった。女がぐいぐい押しつけてくる胸の膨らみに、俺の股間が反応した。なるほど、純也はこんな暮らしをしているのか。俺は納得した。この味を知ったら、後戻りはできないだろうな、と理解した。

「なんか、変な気持ちになってきちゃった」

女の右手が俺の股間に伸びた。

「硬く、なってるぅ」

互いの唇が、触れんばかりの距離で、喘ぐように言う女の吐息が、熱い。

「店が終わったら、俺の部屋に来るか」

からかい半分で女の耳元で言うと、こくりと神妙に肯いた。ボーイがテーブルに歩み寄ってきた。まだセットが終わる時間でもないだろうと、訝《いぶか》しく見上げると、俺に軽く会釈したボーイが、手の平で口を隠して、女に何か囁きかけた。ほかのテーブルで指名が入ったということか。別に俺はそれでもよかった。女が代われば、また札束を見せてやればいいだけだ。入り口近くに戻るボーイを見送りながら、女が小さな舌を出して、肩を竦《すく》めた。

「怒られちゃった」

サービス過剰を注意されたのだと言った。

確かにほかのテーブルで、客に胸を押し付けたり、客の股間を探ったりしているホステスはいなかった。女が席を立った。「ちょっとトイレね」と言った。腰を折って、さっきのボーイがしたように、手で口元を隠して、囁き声で言った。

「彼氏のおかげで、パンティー濡れ濡れなの。着替えてくるっちゃ」

それから女は、もっと声を小さくして、しみのついたパンティーは要らないかと言った。

俺は「馬鹿野郎、早く着替えて来い」と口早に言ってやった。

トイレに向かう女が振り返った。

「彼氏、名前訊いてなかったよね」

その問いかけで俺は素に戻った。

どうにも今の状況で、本名を名乗る気にはなれなかった。俺はここにいるべき人間じゃない。いていい人間じゃない。サイドポケットの金は、二十万ほど融《と》けているだろうか。早くホテルの部屋に戻って、残金を確認しなくてはと思った。二十万円程度なら、純也から貰った、先月の給料の残りが銀行にある。引き出して補塡すればいい。明日の職もない身だ。補塡すれば、たちまち路頭に迷うかもしれないが、今の俺にはそれが相応《ふさわ》しい。

「ジュンだ」

純也の名前を騙《かた》った。途端に苦いものが込み上げた。その名前を口にした途端、酔いが急速に醒めてしまった。

「うん。ジュン君ね」

女がトイレに消えた。俺は席を立った。呼び止めるボーイを振り切って店を出た。

ネオンの街を歩きながら、俺は猛烈に後悔していた。

やはり三百万円は、その場で突き返すべきだった。しかしそんなことより、純也の名を騙ったことが、俺の心に刺さっていた。どうして俺は純也の名前を騙ったのだろう。深く考えるまでもなかった。俺は、今夜の愚行を、あいつに押し付けたのだ。そう、自分の恥を押し付けた。

純也は救いようがない人間なのか。

胸の内で、俺自身に問い掛けた。

純也は俺の親友だった。法外な金を摑む機会を得て、行く道を間違えてしまった。金を投げられ、ふらりと迷い込んだ繁華街で、馬鹿な散財をしてしまった俺に、あいつのことを悪く言う資格はない。持ちつけない金を持つと、人間はこうなってしまうのだ。

純也に謝ろうと思った。謝ったうえで、もう一度話し合おう。親友の俺が、純也を見限ってどうするのだ。しかし純也に謝る機会は、すでにその時点で失われていた。

3

サイドテーブルの電話機がけたたましく鳴って、眠りから引き起こされた。窓の外は青空だった。頭が割れるように痛かった。吐き気に堪えて、受話器に手を伸ばした。電話を掛けてきたのは榊《さかき》だった。

——しっかり眠れたか。

吐き気が酷《ひど》くて応えられなかった。頭もボウとしていた。

——まだ酒が残っているのか。

「何ですか」

しわがれた声が出た。片目をこじ開けて見た、ベッドサイドのデジタル時計は、10：05と表示されていた。こんな時間に何ですか、と抗議できる時刻ではなかった。

——酷い声だな。

電話の向こうで榊が顔を顰《しか》めたような気がした。

「だから、何なんですか」

　イラついた。

　――小井戸が死んだ。

「えっ、純也がっ」

　――そうだ。小井戸が死んだ。街のチンピラと喧嘩して、相手がナイフを抜いて一刺しだった。喧嘩のはずみだ。

　物憂《ものう》い声で言った。そして付け加えた。

　――ということになっている。

「なっている？」

　相手の言葉を聞き咎めた。

「どういう意味なんです。高橋のおやじさんと同じで、裏があるんですか」

　――勘ぐるな。今朝の警察の発表では、そういうことになっているという意味だ。ぼくもまだ、詳しいことは把握していない。

　おやじさんの覚悟の焼身自殺を、酒に酔った除染作業員の事故死とねつ造した警察の発表か。そんなものを鵜呑《うの》みにできるはずがない。

「ただの喧嘩のわけがないじゃないですか。タイミングが良過ぎます」

　――タイミング？

「純也は、おやじさんの焼身自殺の事実を金に換えようとしていた。だから殺されたんじゃないんですか」

——金に換える？　どうやって？　高橋さんの事件は決着しているんだぞ。

「あいつは、おやじさんの遺書のコピーを持っていた」

——コピーがあったのか？

「あいつとつるんでいた、赤崎とかいう男がコピーを取っていたんだ」

——そのコピーは誰が持っている。きみではないのか。

「俺が持っているわけないじゃないか。純也は、それをネタに、もっと大きな恐喝をしようとしていた。それで殺されたんじゃないのか」

——誰にだ？　人を殺すというのはそんな簡単なことじゃないぞ。

「国家権力にだよ。警察さえ動かせるような国家権力なら、純也の口封じに殺すことも厭《いと》わないだろ」

——きみは国家を買い被り過ぎだ。

榊が呆れたように言った。

——彼程度の人間の口封じのために、殺しに手を染めるほどの覚悟は、連中にはない。

腹が立った。純也のことを「彼程度」などと、虫けらのように言われた気がした。

「そんなことを、はいそうですかと、納得できるわけがないじゃないか」

怒鳴った自分の声が頭に響いて、思わず顔を顰めた。

「だいたい、どうして俺が、このホテルに宿泊していることを知っているんだ。電力の関口さんに、仙台に行くとは言ったが、ホテルに泊まるとまでは言っていない」

――小井戸は、組織の監視下にあった。その小井戸と接触したのだから、ぼくが知っていても不思議はないだろう。

「それだけじゃない。あんたはさっき、まだ酒が残っているのかと、俺に言った。俺が昨晩、深酒をしたことをどうして知っているんだ」

――小井戸と接触したきみも、組織の監視下にあった。

「どうして俺を監視する必要があったんだよ」

――電力の関口さんからの依頼だ。関口さんは、きみが小井戸と会うことを好ましく思っておられなかった。しかも持ち慣れない大金を持ったきみが、仙台で羽目を外し過ぎないかとも心配されていた。

「大きなお世話だ」

金のことを言われて顔が熱くなった。誰かが国分町での俺の散財ぶりを眺めていたのか。確かに使った。ほんの五時間くらいで、二十万近くも散財してしまった。しかしその金は、今日にでも、自分の口座から補塡して全額を返すつもりにしていた。

「だいたい組織、組織って、何の組織なんだ」

電力の会社がそこまでするとは思えない。

――組織は組織だ。その実態まで、きみが知る必要はない。

何なんだ、こいつは。どこまで傲慢《ごうまん》なのだ。

「ちょっと待てよ」

恐ろしいことに思い至った。

「純也も監視下にあったということは、純也が殺された現場に、その組織とやらの人間もいたということだよな。どうして止めなかった。殺されるのを、傍観していたのか」

――喧嘩のはずみで刺されたと言っただろう。喧嘩の仲裁まで、組織が手を出すわけにはいかない。それは監視担当者の仕事ではない。

仕事かどうかで、人の命のことを判断するのか。どちらにしても、糠《ぬか》に釘だ。肝心なことを話す気はないようだ。それでも俺は言わずにはいられなかった。

「純也は背中に殺気を感じると、木刀を携帯していた。あんたが言う組織は、隙《すき》あらばと、純也のことを狙っていたんじゃないのか」

――木刀か。それが仇になったな。小井戸は絡まれたチンピラ相手に、木刀を使ってしまった。それがなければ、相手も刃物を抜いていなかったかもしれない。

ことを大きくしてしまったのは、純也の疑心暗鬼だったのだと言わんばかりの口調だった。確かにそうかもしれないが、俺はやっぱり納得できなかった。そんな俺の、蟠《わだかま》りを無視して、榊が話を続けた。

――まあきみもいろいろあったから、少しは発散もしたかっただろう。だがな、発散もこれくらいにしておけ。小井戸の死についても関わろうとするな。それが身のためだ。この電話はそれを伝えるための電話だ。

「大きなお世話だ」

再度怒鳴りあげて、受話器を叩き付けた。

ベッドから起き上がり、冷蔵庫から水のペットボトルを取り出して、半分くらい一気に飲んだ。それを持ったまま、フロントに降りた。フロント横に吊るしてあった新聞を、手当たり次第に開いた。全国紙にはなかったが、地方紙に純也のことが報じられていた。街中の喧嘩と記事にはあった。純也を刺したのは、未成年の男だった。十七歳無職。それ以外に男に関する情報はなかった。もちろん写真もない。その男は現行犯逮捕され、警察は傷害致死の疑いで取り調べているらしい。現場は国分町。時刻は二十一時過ぎ。俺が同じ界隈をふらふらと飲み歩いていた時刻に、純也は刺されたのか。

部屋には戻らず、フロント横のパソコンで〈燎原舎〉を検索した。ヒットした。イグニスという情報誌を発行する出版会社。代表者名は赤崎健人。純也が言った通りだった。その住所をメモしてホテルを後にした。

目指す燎原舎は、仙台駅裏八番丁通りにあった。仙台駅を挟んで東西の位置関係だ。それほどの距離ではないが、道に不案内なので、タクシーで乗り付けた。

そのあたりは住宅街で、燎原舎もビルではなく、二階建ての一軒家にしょぼい看板を見つけた。臆する気持ちもあったが、意を決して玄関のインターフォンのチャイムを押した。応答はなかった。しかし室内に人の気配を感じたので、何回も押し続けた。

「はい、どなた」

けっして友好的とは思えない、投げやりな声がインターフォンから返ってきた。

「赤崎さんは御在宅でしょうか」

「赤崎はぼくだけど、誰？　ひょっとして、また警察の人？」

「小井戸純也の友人で、木島雄介っていいます。赤崎さんに、お話を伺いたくてお邪魔しました」

「木島雄介――」

インターフォンの向こうで、相手が唾を呑む気配を感じた。何かが倒れる音がドア越しに聞こえて、慌ただしく玄関ドアが開いた。ドアの向こうに立っていたのは、御世辞にも凜々《りり》しいとは言えない、ドテラ姿のおっさんだった。

「赤崎さんは？」

「ぼくが赤崎だけど――」

怯《おび》えるように応えた。まさかこんな風采の上がらないおっさんに乗せられて、純也は命を落とすような真似までしたのか。

「純也のことで話があります」

「ああ、純也君のことで――。ここではなんだから、どうぞ入って」

室内は事務所風だった。小さな応接セットに案内された。部屋には大きな書架が三つもあって、ぎっしりと書物が並んでいた。イグニスとかいう雑誌のバックナンバーもあった。デスクトップパソコンにコピー機にファクシミリ、一応のOA機器も揃っている。かなり古い型番のようではあったが。

「いあや、参っちゃったよね。昨日の夜から、ついさっきまで、警察で取り調べですよ。一応参考人という扱いだったけど、あれじゃ容疑者でしたね」

だらしなく、向かいのソファーで足を広げた赤崎が、いきなり愚痴をこぼした。

「警察ということは、純也の件ですか？」

一応訊ねてはみたが、その時点ですでに俺は、目の前のおっさんが、純也の死とは無関係だと断定していた。

「そう。疑い掛けられちゃって。だいたいどうしてぼくが、そんなことできるのよ。チンピラを雇うお金なんてないし、ぼくは地道に、地方ジャーナリストとしての役割を務めているだけなんだよ」

さらに愚痴を並べるおっさんにムカついてきた。

「でもあんたが、電力から金を脅し取ろうと、純也を唆《そそのか》したんじゃないんですか」

「唆しただなんて――」

ばつが悪そうにすぼめた唇を突き出した。

「いきさつを聞かせて貰えますよね」

身を乗り出して威嚇すると、相手がおずおずとしゃべり始めた。

赤崎が純也と知り合ったのは、国分町のカウンターバーだった。アフターの約束をした女と待ち合わせる純也と、偶々《たまたま》隣同士になったと言う。そこで純也が愚痴った。知り合いに、自殺の手伝いをしてくれと言われて困っていると。赤崎に問われるままに、迂闊《うかつ》にも純也は、高橋のおやじさんのことを、あれこれ喋ってしまったようだ。

「それで純也を唆したのか」

「唆したんじゃないですよ。うまく立ち回れば、金になると助言したんです」

それを唆したと言うのだ。

「ところがこちらが絵図を描く前に、警察まで丸め込んで、事件を有耶無耶《うやむや》にされてしまった。その時点で、もう無理だと言ったんだけど、彼は聞く耳を持たなかった」

それから小一時間ほど、俺は辟易《へきえき》とするような、言い訳を聞かされた。どちらにしても、俺が知りたいことは、このおっさんから聞き出せないなと諦めたが、せっかく足を運んだのだから、一応質問してみた。

「純也は組織に監視されていた。そこまでしかわからない。どんな組織が監視していたのか、それに心当たりはないか」

聞くだけ無駄かもしれないと思ったが、意外にも返答した。

「公安じゃないですかね」

「公安?」

「公共の安全と秩序を維持することを目的とする警察ですよ。監視する組織と言われて、まず思い付くのがそれですね」

「そう言えば――」

何かを思い付いたように赤崎が宙に目を泳がせた。

「さっき、ぼくが警察から帰ったとき、玄関横の小窓から、中を窺っている男がいたな。あれがあなたの言う、組織の人間だったんでしょうかね」

「声は掛けなかったのか？」

「いえ、疲れていましたしね。ややこしいことは勘弁してほしかったので――」

「それはいつごろだ」

「ほんとにあなたが来るちょっと前ですよ。その男がいなくなって、部屋に戻って、上着を着替えたところで、玄関チャイムが鳴って、それが木島さんだった」

役に立たないおっさんだ。

「公安とかいう組織は、コロシもするのか」

「いや、そこまではわからないけど、さすがにそれはないんじゃないかな。一応は警察組織ですからね。わかりませんけど」

結局わからないのか。無駄足だったと立ち上がりかけて、大事な要件を思い出した。

「おっさん。高橋さんの遺書のコピーを持っているよな」

おやじさんの遺書のコピーがあるなら、回収しておいたほうがいいだろう。

「ああ、これですね」

おっさんが泡を食って、デスクの脇机からファイルを引き出した。そこにおやじさんの遺書のコピーが挟まれていた。

「これは貰っていく」

「ええ、どうぞ、どうぞ。ぼくには関係ないものですから」

関係ないと言いやがった。

「これはお返ししますけど、木島さんも気を付けたほうがいいですよ」

「俺が気を付ける?」

「ええ」

「気を付けるって、俺も狙われるということなのか」

不安になって質問した。

「まあそれもありますけど、それよりも分断が心配です。実際、純也君もあなたたちご友人から分断されて、おかしな方向に進んだんじゃないでしょうか」

「純也が俺たちから分断された?」

赤崎の言いようが気になって、立ち上がりかけたソファーに座り直した。

「ええ、分断です」

「意味がわからないんだが」

「場末のジャーナリストの戯言《ざれごと》だと思って聞いてください」

断って、赤崎がしゃべり始めた。

「木島さんたちが住んでいた町で、原発避難民はどう見られていましたか？」

「どうと言われても、同情すべき人たちだなと――」

「それが本音？」

「だってそうだろ。放射能で故郷を追われて――」

「C市。木島さんの町ですよね。純也君もそこの出身だった」

「ああ」

「C市では、原発避難民が所有していると思われる高級車が、立て続けに悪戯《いたずら》される事件がありましたよね。ミラーを折られたり、ドアに傷を付けられたり」

「それは――」

「公民館の壁にはペンキで落書きされました。『原発避難民は出て行け』と」

「いや、だからそれは、一部の心無い――」

「やったのは一部の心無い人間かもしれませんが、市民感情の深いところに、それを是《ぜ》とする気持ちがなかったと言い切れますか」

言い返せなかった。確かに俺自身も、彼らの懐に入った金を想像して、悶々としていた人間だ。

「避難民を受け入れた側の市民は、政府の、いやもっと大きな力の思惑に乗せられた――、のかもしれない」

「思惑?」

「そう、思惑です。原発事故があって電気料金が値上がりしました。電気料金の値上げは、家計を直撃します。不満も起こるでしょ。そして考えます。どうして自分たちの電気料金が上がったのだ、誰のせいだと」

その不満が向く矛先に、予め選ばれたのが、原発避難民かもしれないと赤崎は言った。

意味が理解できなかった。

「試算によると、原発事故の収束に関わる費用は二十二兆円らしいです。そのうち八兆円が賠償費用に充てられます。しかしその金額を一般人が実感することは難しい。実感するには大き過ぎるのです。しかし例えばです、隣人に一億円の金が転がり込んだというのだと、どうでしょう」

考え込む俺に赤崎が言った。「実感できるでしょ」と。

「電力行政の思惑もあります。原発を抜きにして、現在の日本の電力事情が維持できないことは、国民のほぼ全員が、漠然と了解しているはずです。原発がすべて停止している状態で、深刻な電力不足が起こってはいませんが、それを補っているのが火力だというのも知っているでしょう。その元となる化石燃料のほとんどを、日本は輸入に頼るしかないことも。しかしそれでも、事故以降、脱原発の声は高まるばかりです」

「自然エネルギーへの転換とかは無理なのか？　太陽光発電とか」

前から疑問に思っていたことを口にした。福島県内だけを見ても、各所で太陽光発電のパネルが設置されている。日本全国に、その動きが広まれば、脱原発も、あながち夢ではないのではないか。

「さあ、それはどうでしょう。今の生活水準を維持して、しかも産業の勢いも削がない。そんなことが自然エネルギーだけに頼って可能でしょうか。原発反対派も擁護派も、声高に自分たちの主張を言いますが、直接ぶつかることはない。どこか逃げているように、感じませんか」

確かに――。

反対派も擁護派も、如何にももっともらしい事実を並べて、自分たちの正当性を主張するが、どちらも信用できないというのが、俺の実感だ。お互いに自信があるのなら、国民的議論とやらに持ち込めばいいではないか。

「原発を擁護する人間にとって、もっとも不都合な存在が原発避難民です。そこに厳として存在する被害者ですから。今までの公害は、煙にしろ汚水にしろ、ほとんどが目に見えるものでした。それに引き替え、放射能は目に見えない。臭いすらない。しかし目に見える被害が現れた。原発避難民という形で、です」

彼らを中心に反対派がまとまれば、脱原発の大きなパワーになるだろうと赤崎が言った。イメージしてみたが、確かにそれは大きなパワーになりそうだ。

「いいですか、何度でも繰り返しますが、これは場末のジャーナリストの勘繰りかもしれませんよ」

赤崎が念を押した。

「しかしです、過剰とも思える賠償金の狙いが、原発避難民と一般市民との分断を意図した施策だと考えればどうでしょう」

「俺たちは、それに乗せられた、ということなのか」

「そういう見方もできるということです。たとえばC市に、原発避難民に心底から同情を寄せる市民が、どれだけいるでしょうか？」

ゼロかもしれないと思ったが、口にはできなかった。

「おそらくほとんどいないでしょうね」

俺の気持ちを見透《みす》かしたように赤崎が言った。

「莫大な補償金を得ることで、原発避難民は孤立してしまった」

断定的に言う相手の言葉を否定できなかった。

「ところが、莫大な補償金の狙いはそれだけじゃなかった」

まだあるのか？

「除染作業と自然減による線量の低減を受けて、原発避難民の帰還事業が始まった。帰還した避難民への補償金は、原則打ち切られます」

スーパーのレジの列に割り込んだ女性の姿が目に浮かんだ。確かに彼女も、補償金の打ち切りに不満を述べていたなと思いだした。

「高額の補償金で、持ち上げるだけ持ち上げておいて、帰還できるからと、いきなり梯子を外したわけです。梯子を外された避難民は、とうぜん不平不満を口にします。しかしそれ以前に、彼らは孤立していた。そんな彼らが不平不満を口にして、誰が相手にするでしょう。もはや彼らが反原発を口にしても、その声が、一般市民に届かない構造が出来上がってしまっているのです」

確かにそうだ。避難民を受け入れた町の住民感情として、それは理解できる。

「本来避難民は、脱原発、原発反対を、身を以《もっ》て、声高に主張できる立場にあったはずです。しかし現在彼らが主張しているのは、補償金の継続です。そんな彼らを、脱原発派の人間が仲間として認めるのは難しい」

「そこまで計算して、高額な補償金が手当てされたということなのか」

思わず赤崎に詰め寄っていた。いくらなんでもという気持ちになった。そんな謀りごとが、補償金の裏にあったとしたら、原発避難民があまりに憐れではないか。そしてそれに踊らされて、彼らを疎《うと》ましく感じたり、やっかんだりした俺たちは、あまりにも間抜けではないか。

「実際のところはぼくにもわかりません。しかしです、個人では判断のできかねる、大きな流れが世の中にはあるのかもしれません。そして純也君も、その奔流に巻き込まれてしまった、とは考えられないでしょうか。もし、分不相応なお金を得ることがなかったら、そして、もっと金が欲しいと望まなかったら、彼も無事でいられたかもしれません。純也君は、さっきのコピーを、電力の人から、三千万円で買い取ると言われて舞い上がってしまった。あれでぼくも、彼を制御することができなくなった。純也君と一緒になって、浮かれたぼくが、言うべきことではないでしょうが、だからもし、あなたの耳元で、高額の報酬を囁くものがいれば、気を付けたほうがいいですよ」

そう言って赤崎は付け加えた。

「奔流に巻き込まれてはいけません。自分を見失ってはいけません」と。

そして苦笑交じりに繰り返した。

「純也君と一緒になって、浮かれてしまったぼくが言うべきことじゃないですけどね」

ホテルの部屋に戻って、昼のニュースで純也が巻き込まれた事件の続報はないかと、テレビを点けた。まだ十一時四十五分だった。ニュースが始まる前に、ドアがノックされた。開けると榊が立っていた。

東京にいるはずの榊がなぜ？　警戒した。

身構える俺に榊が言った。

「話がある。部屋に入っていいか」

「何の話です」

「そう尖《とが》るな。きみの今後に関わる話だ。直接話をしたくて、東京から新幹線で、わざわざ駆け付けて来たんだ。入れてくれよ」

「純也の話ではないんですか」

「それは警察の仕事だろう。俺は、きみのこれからについて話しに来た」

そう言われて、榊を部屋に案内した。

椅子に腰を下ろした榊が、「座らないか」と、自分の向かいの椅子を勧めた。従うのが癪《しゃく》だったが、無視するのも大人気ないので、榊の向かいに腰を下ろした。

「関口さんは、きみがC市に戻ることを快く思っていない」

いきなりそう切り出した。C市は俺が生まれ育った町だ。そこに戻ることを快く思わないとは、どれだけ傲慢な発想なのだ。

「考えてもみろ。きみと小井戸は幼馴染だった。彼と共通の友人も、地元には少なからずいるだろう。しかも表向ききみは、除染現場で、小井戸の下で働いていたことになっている。当然友人や小井戸の身内は、彼の死について話題にするだろう。いずれは小井戸が、仙台にマンションを借りていたことも、明るみに出るだろう。きみは、その理由を訊かれるかもしれない」

C市と仙台市では、除染現場からの時間距離が変わらない。むしろC市のほうが近いくらいだ。わざわざ土地鑑のない仙台に、純也が居を構えたことに、疑問を持つ身内もいるだろう。しかも居を構えたのは、分不相応の高級マンションなのだ。

「今の状況で、地元のC市に帰ったのでは、肩身が狭いだろう。それではあまりにきみが不憫《ふびん》だと、関口さんが仰った」

「ずいぶんお優しいんですね」

精一杯の皮肉のつもりで口にした。榊が顔を曇らせた。

「きみも会って話をしたのなら、関口さんの人となりに感じるものがあったはずだ。ぼくはあの人を尊敬している。自分のことばかり考える大企業にあって、他人のことに心を配れる人物だと思っている」

おやじさんの死を隠ぺいしたことを、関口は俺に詫びて、深々と頭を下げてくれた。俺はあのとき、相手の、真摯な詫びの気持ちを感じた。露わにはしないが、つい皮肉を口にした俺のことを榊は怒っている。その榊の「あの人を尊敬している」という言葉にも、嘘はないと思えた。

「すみません」

小声で言って頭を下げた。

榊が気を取り直したように話を続けた。

「その関口さんからの伝言だ。あの立場の人がそう考えるのなら、これは既定事実だと思って聞いてほしい」

それに続く榊の話に俺は驚いた。榊は俺に、純也の後釜に座れと言った。

「もちろん彼の会社の社員としては無理だろうから、受け皿はこちらで用意する。小井戸が受託していた除染作業は、その会社が引き継ぐので、きみは小井戸の代わりに作業員らをまとめてくれればいい」

「いや、俺にそんな仕事は無理ですよ」

「受け皿になる会社から、きみの補佐をできる人間を就ける。水路除染自体は、それほど難しい仕事ではない。要はただの溝掃除だ」

俺の驚きと躊躇を払拭するように榊が畳み込んだ。

「これはきみにとっても、決して悪い話じゃないと思う。小井戸が、除染の現場で、どの程度稼いでいたか、きみも知らないわけではないだろう」

月に三百二十五万円のバックリベートのことか。またただ。また俺の脳が、熱を持ち始めている。月に三百二十五万円。いや、俺は、こんなことで取り込まれたりはしない。しかし月に三百二十五万円。喉がヒリヒリする。

「明日は現場に戻ってほしい。宿舎で待機して、こちらからの連絡を待ってくれ。二、三日中には形を整えられると思う」

榊が立ち上がった。

「ぼくはこれから東京に戻る。きみを迎え入れる準備をしなくちゃならないからな」

俺はまだ応諾の返事はしていない。何を勝手に、話を進めているのだと思ったが、三百二十五万円で頭がいっぱいで、それ以外のことが考えられなかった。

翌日、作業員宿舎に戻った。そのまま自室で三日間待機した。のんびりしたわけではない。考えることが多すぎた。純也のこと、高橋のおやじさんのこと、そして月に三百二十五万円。終日あれこれ考えて、二日目の昼間に、おやじさんがヤマメを釣ったトロ場に行ってみた。前と同じ道に車を走らせた。新緑の山が陽光に明るく輝いていた。以前と同じ場所に路駐し、川べりの土手道をトロ場に向かって歩いた。変わらないままの姿で、トロ場はそこにあった。土手から水辺に下りた。

おやじさんはあの場所で――。

竿を振るおやじさんの姿が目に浮かんだ。その足元の流れが白く泡立っていた。瀬頭だ。あの場所に立っておやじさんは、上流に向けて竿を振った。トロ場は瀬に繋がる。流れの緩やかなトロ場から、加速した流れが、瀬に落ち込む部分を瀬頭という。おやじさんが教えてくれた。

瀬頭は白く泡立つ。季節によっては、そこがポイントになるのだと、おやじさんが言っていたが、今がその季節なのかどうか、俺にはわからない。ただ転がるような水音に耳を傾けるだけだ。

水底の小石の一つひとつまで見えるのに、俺の目では、ヤマメの姿を捉えることはできなかった。しかし俺は知っている。この静謐な碧の流れの中から、おやじさんは魔法を見せるように、次々にヤマメを釣りあげたのだ。

流れの底に動くものがあった。目を凝らした。藻屑蟹。「おまえもいたのか」胸のうちで語り掛けた。ふてぶてしいと言いたくなるほど水底をゆっくり移動したそれが、岩陰に消えた。

作業服のサイドポケットから、おやじさんが遺してくれた文庫本を取り出して、草に腰を下ろした。おやじさんのコレクションには珍しい長編だ。『樅《もみ》ノ木は残った』の（中）を開いた。昨夜のうちに（上）を読み終わっていたが、俺には重たい内容だった。主人公の原田甲斐の生き様が、俺には難し過ぎた。どうしてここまでストイックに生きるのだと、微かに反感さえ覚えた。

月に三百二十五万円。俺は大きな流れに呑み込まれようとしているのだろうか？　ページを開いたが活字が頭に入ってこない。あれほど金を摑みたいと思っていたのに、それがいざ目の前にぶら下がると、どう対処していいのか迷うばかりだ。

仙台から戻った日、あるいは今日にでも、作業員宿舎に置いている荷物をまとめ、そのままC市に戻るという選択もあった。確かに今戻れば、地元の顔馴染みと会うことになるだろう。純也の家族とも、会わなければならないかもしれない。それは勘弁してほしかった。いや、そう考えたのは自己欺瞞かもしれない。作業員宿舎に戻った俺の頭の中を支配していたのは、純也のことではなかった。月に三百二十五万円。いくら振り払っても、その想いから逃れられなかった。

　水辺の草に腰を下ろして開いた手元の本のページは、最初に開いたページのままだ。陽も傾き始めている。

　ぼんやりと眺めていた水面に魚が跳ねた。注意して見ると、小さな羽虫が水面近くに群れていた。それを捕食しているのか。

「ヤマメか――」

　声に出して呟いてみたが、魚種まではわからなかった。おやじさんに訊いてみたかった。魚のことではない。月に三百二十五万円。俺は貰っていいのでしょうか、と。それを訊く代わりに、おやじさんの遺した文庫本を読んでみようと思った。だが、そこに答えはなかった。胸ポケットのスマホが鳴動した。登録されていない番号だった。画面に浮かんだ通話ボタンをタップした。

「もしもし。木島さんっすか」

　元気のいい声が耳に届いた。

「榊先生に言われて電話しています。俺、二葉興産のノリアキって言います。クニトモノリアキです。木島さんの補佐をやらせて貰うことになりました。明日、そっちに行きますけど、会えますか？」

ノリアキと名乗る相手と翌朝の九時に約束した。月に三百二十五万円の稼ぎに向けて、俺の時間が転がり始めた。奔流に巻き込まれるな。自分を見失うな。赤崎の言葉を反芻《はんすう》したが、何をどうすればいいのか、皆目見当もつかなかった。

眠りの浅い夜を過ごした。札束に囲まれている夢を見てうなされた。薄暗闇に佇《たたず》んだ俺の周りに、いくつかの札束が転がっている。全部俺の金だとはわかっているが、俺はそれに手が出せずにいる。寝汗にシーツを濡らして目が覚めた。時刻は午前六時を回ったところだった。開け放しにして寝た窓のカーテンを、木立を抜けた風が膨らませていた。寝汗を流して着替えるかと、入浴セットを手に部屋を出た。

宿舎の風呂は二十四時間利用できる。以前は、午前七時から午後十時までの利用時間が設定されていたが、ちょっとした喧嘩騒ぎがあって、二十四時間利用に変更された。喧嘩の理由は他愛もないものだった。背中一面に刺青を入れた作業員が、別の作業員にガンを飛ばされたと因縁をつけたのが喧嘩の発端だった。ジロジロ見られて腹が立ったというのが刺青者の言い分だったが、因縁をつけられたほうは、あまりに見事な刺青だったので、つい見惚れてしまったと弁解した。確かに町場で普通に生活していたら、背中一面の刺青を目の当たりにする機会など、そうそうはないだろう。俺は、つい見惚れたと弁解した作業員の言い分をわかる気がした。

これらの経緯は、直接見聞きしたものではない。食堂に掲示された連絡票で知った。そしてその連絡票には、風呂場の利用時間の延長と、刺青のある者は、可能な限り、延長された時間帯に風呂場を使用することが、元請会社の所長名で指示されていた。

二階の外階段の下り口に出て背伸びをした。朝の空気を胸いっぱいに吸い込んだ。

階段の下を数人の男たちが、エコバッグやコンビニのレジ袋を持って、風呂場があるプレハブに向かっている。逆に出てくる男たちもいる。その誰もが、半袖かタンクトップなので、彼らの肩口から覗く刺青が露骨だ。今の時間風呂場は、刺青のオンパレードなのか。階段を降りようとした足が止まった。風呂場の居心地の悪さを思うと、とても風呂に入る気にはなれなかった。

散歩でもするかといったん部屋に戻り、入浴セットをベッドの上に投げ置いて、財布と文庫本を手に部屋を出た。文庫本は『樅ノ木は残った』の（下）だ。なかなか重たい内容だが、睡眠不足のおかげでページ数だけは捗《はかど》った。

宿舎前の砂利敷きの駐車場を出て、長い農道の直線道路を突き当たって右に行けば、二十四時間営業のコンビニがある。宿舎は農道の突き当たりで、その先は雑木の山だ。俺はまだ、その山に足を踏み入れることができずにいる。おやじさんが焼身自殺をした山は記憶が生々し過ぎる。警察から解放される前は、自由になったら、真っ先に花を手向けに行くつもりだったが、あれから短い間に、色々とあり過ぎた。

月に三百二十五万円。その想いを持て余しながら、俺は農道に足を向けた。

約一キロの農道を歩きながら、自分の足音まで「三百二十五万円」「三百二十五万円」と聞こえてくる。農道が終わってセンターラインのある一般道に出た。右に折れて、緩い坂を登り切るとコンビニだ。

メンチカツでも食べるかと、歩きながら考えて来たのに、その時間、まだホットデリの用意はできていなかった。仕方なくカレーパンとビールのミニ缶を買った。こんな時間にビールを飲むなど、以前の自分だったら考えられないことだが、三十分近く歩いてきた喉が、苦みの効いた泡をほしがった。宿舎の朝飯など食べる気がしない。どこをどう探したら、あんな不味いコメが手に入るのだろうと感心する。

朝食代わりにツナマヨオニギリを一個買った。ついでにミニ缶も追加した。こんなもの、ちょっと味の付いた炭酸水だ。ミニ缶でオニギリを流し込み、コンビニの外の、半分壊れたベンチに腰を下ろして、文庫本を広げた。九時にノリアキとかが来ると言っていたので、さすがにこれ以上ビールを飲むのは拙いかと、塩レモン水を追加で買った。一時間ほど読書をしてベンチを立った。

来た道を帰る間も「三百二十五万円」「三百二十五万円」という足音が、ずっと俺に付いてきた。三百二十五万円、三百二十五万円、三百二十五万円、三百二十五万円……

国友憲明《くにとものりあき》と書かれた名刺を差し出した男は、ずいぶんと小柄な男だった。「ノリアキって呼んでください」と、馴れ馴れしい口調で自己紹介した。百五十センチあるかないかというところか。会社名は二葉興産、その会社の常務取締役という役職だった。小柄だからだろうか、年齢は三十歳に届いてないように見えた。この若さで常務なのか。肩書と見た目が不釣り合いに思えた。ノリアキを寮の食堂に誘った。朝食の後片付けも終わり、誰もいない食堂だ。

「味噌汁のいい匂いがしていますね」

能天気な声で言いながら、頼んでもいないのに、食堂の自販機で求めた微糖の缶コーヒーを俺の前に置いてくれた。彼が選んだのはコーンスープだった。

「朝ごはん食べていないの?」

「食ってないっす。朝が早かったんで」

テーブルの上に置いた名刺を改めて確認すると、会社の所在地は福島市だった。

「打ち合わせ終わったらファミレスでも行こうか。奢《おご》るよ」

言ってやると嬉しそうに目を細めて「ゴチになりやす」としゃちこばって頭を下げた。

「そうとなったらチャッチャッと終わらしちゃいましょう」

ノリアキが、書類鞄から分厚いファイルを取り出した。

「元請に提出する社員名簿と入場書類を纏《まと》めてきました。見ますか？」

「いやいいよ。問題はないんだろ？」

ファイルの分厚さに見る気が失せた。

「そうですよね。こいつらの入場書類見ても、仕方がないですよね」

「要点だけ説明してくれないか」

まったく見ないというのも気が引けたので、質問してみた。

「えーとですね。総勢で七十人の作業チームになります」

純也が管理していた員数より多い。だったら俺の取り分は、三百二十五万円を超えるということか。生唾を呑み込む俺に構わずノリアキが説明を続けた。

「そのうち玉掛けを持っているのが十人、中型ダンプに乗れるのが八人、不整地に乗れるのが二人います」

玉掛けとはクレーンに物を吊るすときに必要な資格をいう。資格と言っても、三日ほどの講習を受ければ取れる簡単な資格だ。水路から除去したゴミや雑草を詰め込んだフレコンと呼ばれる大型土嚢袋を、ユンボやユニック車で吊り上げる場面で、取っ手を、フックに掛ける際に必要になる。作業員宿舎に二ヶ月もいたのだから、それくらいの知識はあった。中型ダンプは四トン未満のダンプで、これは大型土嚢袋を、仮置き場に搬送するときに利用する。

「不整地って何?」

現場の責任者が訊くことではないかもしれないが、ノリアキは、俺がずぶの素人だと知っているに違いない。それに加えて、彼の飾らない態度が、俺を気楽にさせてくれていた。

「不整地運搬車です。水路の除染と言っても、道路脇ばかりじゃないっすから、畑や田圃の中を通っている水路もあるでしょ。そんなときは、キャタピラの付いた不整地運搬車が必要になるんです」

「なるほど」

「あと、ユンボの免許持っているのが五人います」

「水路の除染でも重機を使うの?」

「そうじゃなくて、トンパックをね、トンパックわかります?」

「いや」

「フレコンはわかりますか」

「ああ、あの黒い袋ね」

除染廃棄物を入れている黒い袋だ。郡山に行く道中で、何万袋と積み上げられたそれを目にした。あれだけの量の袋を、最終的にどう処理するのだろうと、他人事のように呆れた俺だった。

「そうです。それをダンプに乗せるのに、ユンボが必要になります。それと仮置き場でトンパックを積み上げるのにも必要です。まあ、土木の現場に比べたら、大して技術のいる仕事じゃないです。有資格者五人のうちの三人はムショで資格を取っていて、現場経験がほとんどありませんが、そんな奴でも、問題なくできる程度の作業です」

「ムショ？　服役経験者がいるの？」

「ええ、いますよ。そんなのも頭数に入れないと、なかなか員数が揃いませんからね」

「その三人だけ？」

「いえいえ、七十人のうちの十五人がムショ帰りです。何か問題でも？」

一瞬返答に詰まった。どう答えていいのかわからなかった。

「心配しないでください。あいつら、ちょっとした喧嘩でも、傷害に問われますから、一般人よりよっぽどおとなしいっす」

無邪気に笑って「それからっ」と、ノリアキが何かを思い出そうとする仕草で、宙に目を泳がせた。

「そうそう、高所の資格だ。いえね、トンパックの数が思った以上になるみたいで、今までの二段積みから三段積みに変更になるみたいなんっす。そしたらそのうえで作業する人間は、高所作業の資格が要るんですよね。まあ、学科と実技でちょろちょろっと取れる資格ですから、要るとなったら、適当に何人か受講させに行きますよ」

そう言いながら、ノリアキがファイルを鞄にしまった。

「さて、これからが本題です」

上目遣いで俺を見てニヤリと口角を上げた。

「金の話をしておきませんとね」

一枚の書類を俺の前に広げた。部外秘という判が押されたその書類は、俺の報酬に関する覚書だった。

「うちの会社としては、既定の利益以外は求めません」

今までとは違う、ずいぶんと改まった口調で言った。

「うちとしては、電力さんと繋がりができて、元請のスーパーゼネコンさんに取引口座ができるだけで、十分なメリットなんです。ですから実費以外の経費については、全部木島さんに差し上げます」

そう言いながら、ノリアキが人差し指を置いた書類の末尾には、五百万円という数字が書かれていた。月々の俺の取り分が五百万円なのか。軽い眩暈を覚えた。

「ご不満ですか？」

ノリアキの声が卑しい笑いを含んでいた。

「不満なわけがないっすよね。土木がド素人の木島さんが、どうやって電力さんを取り込んだのかは知らないけど、これだけ貰えれば十分でしょ」

決め付けるように言った。

「俺ね、二葉興産の二代目なんっすよ。俺の父ちゃんの会社なんっすね。父ちゃんはもう歳だし、あと五年もしたら俺の代になるんです。その俺にとって、今回の仕事は願ってもない仕事なんです。だから一言だけ言っておきますね。経緯はわからないですが、木島さんを職長にすることがこの仕事を受託する条件なわけなんですよ」

口調を変えて重たい声で言った。

「だからてめえ、絶対ふけるんじゃねえぞ。この現場、キッチリやりとげてくれよな」

鋭い目付きで俺を睨み付けて、すぐに破顔した。

「なんちゃってね」おどける顔をした。「でも、マジで木島さんには頑張って貰わないと、今回の取引がポシャってしまうんで、よろしくお願いします」

テーブルに手をついて額を擦《こす》り付けた。そのあとで、俺はノリアキに指示されるまま覚書に署名し、拇印した。月に五百万円の報酬を得ることが決定した。月に五百万円だ。俺はまだ、軽い眩暈《めまい》を覚えていた。

一週間後、作業員らの入場手続きが終わって現場が動き始めた。俺にとっては月に五百万円の現場だ。その金が、翌月五日に俺の口座に振り込まれる。その口座には電力の関口から貰った三百万円の残り、二百二十万円と端数の残がある。そう俺は返金していなかった。しようと思ったが、俺はこう考えた。純也の後を引き継いで、その仕事で然るべき対価を得たら、それと合わせて三百万円を関口に返金しよう。その金を榊に託して返してもらおう。そう考えていた。バカバカしい。今はそう思える。三百万円の金など、今の俺を包む大きな流れからすれば、流れに浮かぶ芥《あくた》でさえないのだ。よどみに浮かぶうたかたほどに、呆気なく消えてしまうものなのだ。泡だ、あぶくなのだ。俺一人が、深刻に考えるものでもない。いきなりノリアキに提示された五百万円という数字に、俺の金銭感覚が、麻痺しているのかもしれないが、たかが三百万円を返却するなど、大袈裟すぎると侮《あなど》る気持ちになっていた。

初日の作業終わりにノリアキから声を掛けられた。

「これからスーパーの所長に挨拶に行きますから、付き合って貰えますか」

スーパーとは元請のスーパーゼネコンのことだろう。しかしこの町の除染作業だけで、たぶん三千人近い作業員が働く元請のトップなのだ。そんな簡単に会ってくれるのだろうか。俺の疑問にノリアキが薄く笑った。

「会うに決まっているじゃないですか。こっちは大事な協力会社なんっすよ」

そういうものなのだろうか。考えても仕方がないので、ノリアキの白いハリアーに続いて俺のライトバンを走らせた。引率されたのは地元スーパーの駐車場だった。スーパーと言ってもスーパーマーケットだ。店先にたくさんの野菜が並べられていた。どの野菜にも、県外産を強調するポップが掲示されていた。福島の人間は、風評被害を口にするが、その福島の人間自体、県内産の農作物を忌避する。それは俺の地元のC市も変わらない。

道向こうがゼネコンの事務所だと言われた。鉄筋の、しっかりした三階建のビルだったが、震災後に建てられたものとしては古びている。

「元は地元商社のビルだったらしいっす。震災で資金繰りができなくなって、潰れたのをゼネコンが買い取ったんっすよ」

そんなことより、とノリアキが険しい顔をした。

「ないとは思いますけど、もし何かの用事があって、あのビルに来ることがあっても、ビルの駐車場に、車を停めたりはしないでくださいね。あっちは元請さん専用でね、俺たち下請けは、こっちの駐車場を使うことになっています。覚えといてくださいね。まあ、木島さんが、このビルに来ることはないでしょうけどね」

元請けが買い取ったというビルの前には、十分な広さの駐車場があった。車を停めるスペースも、かなり空いている。しかし使ってはダメなのか。そんなにはっきり線引きしている相手が、本当に会ってくれるのだろうか。疑問に思う俺を置き去りにして、ノリアキが、ビル玄関に歩を進めた。慌てて後を追った。靴脱ぎ場で靴を脱いだノリアキが、スリッパも履かずに、奥へと進む。男性従業員も女性従業員も、例外なく、糊の利いたパリッとした作業服で仕事をしている。男性は当たり前のようにネクタイを締めている。

居心地の悪さを覚えながら、奥へ奥へ進むとノリアキの背中を追った。すれ違う従業員に、卑屈とも思えるほどペコペコするノリアキだった。しかし誰一人挨拶を返さない。完全無視というより、俺たち二人など虫扱いだな。そんな詰まらない自虐ネタに、ちょっと頬を緩めかけた俺は、すぐに口元を引き締めた。目指す相手が数メートル先にいた。もちろん顔は知らないが、大きなデスクの上に、『所長』と書かれたネームプレートが、デンと置かれている。ノリアキが手に提げていた紙袋から、厚みこそあるが、それほど大きくもない箱を取り出した。『須賀川銘菓』と書かれた箱だった。どら焼きの絵が目に留まった。事務所の人数は、ざっと見渡しても、五十人は下らないだろう。手土産にしては小さくないかと心配した。あの厚みであの大きさで、中身がどら焼きというのなら、五段重ねの三列で十五個くらいか。ノリアキが所長のデスクの前に直立して頭を下げた。最敬礼だ。

「このたび入場を許されました二葉興産です。詰まらないものですが、手土産をお持ちしました」

棒読みで言って、所長のデスクの端に菓子箱を置いた。所長席に座る相手は、手元の書類に目を落としたまま、顔を上げもしない。整髪料で撫で付けられた髪の毛の隙間から、頭頂部の地肌が覗いている。

「失礼しました」

再び最敬礼をしてノリアキがデスクを離れた。これで挨拶は終わりなのか？　俺はノリアキに背中を押されるようにビルを出た。

「あんなのでよかったの？」

駐車場に戻って、車に乗る前に、ノリアキに訊いてみた。あれで挨拶と言えるのだろうか。せめて名刺交換くらいあるだろうと思っていたのだが。

「完璧っすよ」

ノリアキは満足の笑顔だった。

「それにあの人数にあの菓子箱じゃ少な過ぎないかな」

気になったことを言ってみた。

「婚約指輪と一緒っす」

「えっ、婚約指輪？」

「昔、アイドルかなんかが言ったらしいじゃないっすか。婚約指輪の値段を訊かれて、給料の三ヶ月分ですって。まあ、今回は六ヶ月分ですけどね。木島さんの取り分の」

「おまえ、まさか……」

現金か。菓子箱の中は札束なのか。俺の取り分の六ヶ月分だと。つまりあの小さな菓子箱には、三千万円の現金が詰まっていたのか。それを何も言わずに渡して、もしあの所長が、女性事務員に「みんなで分けろ」と渡したらどうするつもりなのだ。いや違うか。それをしない確信があるから、何も言わなかったのだ。そして持ち帰りやすいように、小さな箱を選んだのか。

「心配しなくていいですからね。菓子代は、木島さんの取り分から差っ引いたりはしません。ただ忘れないでくださいよね。あの菓子箱を渡す現場に、木島さんも立ち会ったんですからね。もし現場を放り出したりしたら、木島さんの所に、菓子代を取り立てに行くことになりますよ」

呆然と立ち竦《すく》む俺を残して、ノリアキのハリアーが駐車場を後にした。俺はライトバンのボンネットに手を突いて、崩れそうになる体をようやく支えた。まだ始まって一日しか経っていなかった。

その夜俺は、いろいろなことを考えた。まずは関口のこと。榊は関口の言葉として俺に言った。「今の状況で地元のC市に帰ったのでは肩身が狭いだろう」と。確かにその心遣いはありがたく思うが、その結果、用意してくれた居場所で、月に五百万円の金が俺の懐に転がり込んでくるというのは、どうなんだろう。誠実な紳士然とした関口を思い浮かべた。ひょっとしてあの人は、除染作業の裏で、こんな金が動くことを知らないのではないか。いやいくら何でも、それはないか。現に榊は言った。「小井戸が、どの程度稼いでいたか、きみも知らないわけではないだろう」と。少なくとも榊は、純也の裏の稼ぎを知っている口ぶりだった。だったら関口も知っていると考えるほうが自然ではないか。

裏の金と言えば、ノリアキがスーパーゼネコンの所長に渡したという三千万円。冷静に考えれば眉唾に思えなくもない。ほんとうに、あの菓子箱に三千万円入っていたのだろうか。かりにもスーパーゼネコンの所長なのだ。社会的にも高い地位にある人物だろう。そんな人物が、菓子箱に詰められた三千万円の金を受け取るだろうか。

——何の立場も技術もなく、つい最近まで、地方のパチンコ屋の店長でしかなかったおまえが、月に五百万円の金を得るじゃないか。

そう自分に囁き掛ける声があった。

俺が月に五百万円を得るなら、はるかに影響力を持つスーパーゼネコンの所長に、ノリアキが、三千万円を渡しても、何ら不思議ではないようにも思えた。ノリアキは土木会社の二代目なのだ。除染事業だけでなく、いやむしろ、除染のようなゴミ仕事より、本線の土木仕事で所長と繋がりたいだろう。

あれは脅しではないかとも考えた。俺が現場から飛ばないための脅しだ。「もし現場を放り出したりしたら、木島さんの所に、菓子代を取り立てに行くことになりますよ」と、ノリアキは言った。普通に考えれば、俺みたいな貧乏人から、三千万円を取り立てられるはずがないだろうと思えるのだが、ノリアキの会社は、わずか二日で、七十人もの作業員を手当てし、そのうちの十五人が、刑務所帰りなのだ。俺が想像もつかないような、取り立ての方途があるのかもしれない。

わかっていた。考えても結論が出ないことを考えているのだと、それはわかっていた。しかし考えを止めることができなかった。俺は奔流に巻き込まれているのだろうか。その問いにも、やはり結論は出なかった。

現場が始まって二週間が過ぎた。仕事そのものは榊の言った通り、ただの溝掃除だった。難しいことは何もない。ただの溝掃除と違うのは、作業前と作業後に、サベージメーターと呼ばれる計測器で、放射線量を測定することくらいだ。そのときだけ、俺は、目に見えない放射能をメーターに表示される数値で実感した。その他にも、スコップで取り除いたゴミや苔《こけ》などを、周辺に落とさないよう、ブルーシートで養生するとか、かなり気を遣っていると思わせる手順もあったが、そのあたりのことは、班長と呼ばれる作業員が、全員に細かく指示してくれるので、俺が気を使うことも、それほどなかった。では俺は、どういう立場で何をしているのかということになるのだが、立場としては全体を管理する職長という立場で、やっていることは立っていることだった。そう、現場の傍らで、終日立っていることだけが、俺の仕事だった。それで月に五百万円。さすがに肩身の狭い気持ちにもなる。よくよく考えるまでもなく、俺がその報酬を得るに至るための原因となったのは、高橋のおやじさんと純也の死なのだ。二人の命の犠牲があって、俺は今ここに立っているのだと、現場の傍らでいつも感じていた。

「道路工事の横で交通誘導員が立っているでしょ。あれと同じだと考えてください」

ノリアキにそう言われていた。

「交通量が少ない場所なんかじゃ、ただ誘導棒を機械的に振っているだけに見える誘導員もいますよね。あれが必要なのだろうかと、疑問を持っちゃいけない。必要なんですよ。そう決まっているから、必要なんっす」

そんな、説明にも慰めにもならないようなことを言われた。しかし、棒をただ振っているだけの交通誘導員は、深夜に働いて、一晩の稼ぎが八千円くらいだろう。月に二十万円になるかならないかの稼ぎだ。それが俺の場合は、五百万円。金に余裕のある俺は、作業員宿舎の飯を食うこともなくなった。最初は食事だけ外で食べていたが、徐々に作業員宿舎に戻ることも億劫《おっくう》になり、そのうち新田川近くの温泉施設で、営業終了時間の二十一時まで時間を潰し、その後は、ゼネコンの朝礼会場の近くにある、マンガ喫茶で寝泊まりするようになった。そんなわけだから、職長でありながら、作業員らと触れ合うことはまったくなく、作業員の名前すら覚えていない。ホテルにでも泊まればいいようなものだが、市内のホテルは、長期宿泊者でどこも満杯で、しかしそれは、どうやら口実のようであり、除染作業員の予約を受け付けるホテルなどないというのが実際のようだった。

俺の地元のC市においてもそうだったが、除染作業員に対する風当たりは、ここでもかなりきついものがあった。作業員が現場に移動する車両には、『除染作業』と記し、所属会社を書いたマグネットシートの貼付が義務付けられる。それを貼っていないと、朝礼会場の駐車場にも入れないのだが、例えばコンビニなどに昼食を買いに行く際には、外すように指導されていた。マグネットシートは指導だったが、除染作業員であることを識別するためのベストは、除染作業の現場以外では、必ず脱ぐようきつく言われた。

有体《ありてい》に言えば、除染作業員は汚れ物扱いなのだ。作業中に身に着けているマスクと白い綿手は、朝礼会場の決められた場所に毎日使い捨てし、長靴は作業終了後、駐車場の片隅に設けられた、深さ十センチほどのビニール張りのプールで泥を落とす。

それほど気を使っても、スーパーの食品売り場などでは、除染作業員が触れた野菜などを「汚染された」と、聞こえよがしに騒ぎ立てるおばさんもいる。

間違って持ち帰ってしまったマスクや綿手を、そのあたりのゴミ箱にポイ捨てでもしようものなら、大問題になってしまう。長靴や車のタイヤについた泥を、どこかの駐車場に落とすなど、言語道断だ。

かつては自分たちが、同じような目で除染作業員を見ていたことを横において、俺は、自分たちに注がれる冷たい視線に何度も不愉快な思いをした。しかしまあ、市民がそのような目を向けることは、理解できないでもない。それ以上に不愉快に感じたのは、元請のスーパーゼネコンの社員の態度だ。言葉を選ばずに言えば、奴らは俺たち除染作業員を人間扱いしていない。

朝礼会場には、千二百人ほどの作業員が参集する。もちろんそれで全員ではない。他にも朝礼会場はあるらしいのだが、とりあえず俺たちが集まる朝礼会場が、メインの会場だった。朝礼会場ではラジオ体操をして、元請のスーパーゼネコンの社員から、簡単な挨拶のようなものがあって、それから協力会社（要は下請け会社だ）の職長から、その日担当する現場と行う作業と、作業上の注意事項と、最後に作業員の数の発表がある。

俺も一応職長なので、壇上に登って発表はするが、誰もまともに聞いている気配はない。朝礼前に覚えたことを棒読みで発表するだけだ。

普段ならそれで解散なのだが、作業が始まって三日目の、その朝は違った。肩を怒《いか》らした男が壇上に駆け上がった。元請の制服を着用した男だった。周囲の元請の社員の態度から、それなりに上位の人間だろうと想像できた。男は右手を俺たちに向けて突き出した。その手にナイフらしきものが握られていた。ナイフというより小さい包丁に見えた。

「昨日、これを宿舎の流し場で見つけた」

男が怒鳴り声をあげた。男の言った宿舎は、俺たちが使用している宿舎とは別の場所にある宿舎だった。

「おまえらは、何を考えているんだ」

男の怒鳴り声が止まらない。俺を含め、周囲の作業員らも、男が何を怒っているのか理解できずにポカンとしている。

「刃物を宿舎に持ち込んで、あまつさえ、それを流しに放置するとは何たることだ」

——果物ナイフじゃねえかよ。

俺の後ろで作業員の誰かが小声で呟いた。ノリアキが敏感に反応して、声のほうに顔を向け、眉間に皺《しわ》を寄せて「シッ」と歯を鳴らした。

「いいか、こんなものを持ち込んで、もし喧嘩でもあって、刃傷《にんじょう》沙汰になったら、どう責任を取るつもりだ」

それで怒っているのか。唖然とした。果物ナイフを持ち込むことさえ、除染作業員には許されないのか。それにしても過敏過ぎないか。果物ナイフの持ち込みで、刃傷沙汰を心配するようなことだろうか。

「本日作業が終わったら、各作業チームの職長は、全員の持ち物検査を行い、刃物類は残さず没収しろ。厳命する」

それだけ言って、憤然としたまま男が壇上を降りた。そのあとで若い社員が壇上に上がった。いつも朝礼の司会進行をする男だった。

「毎日の作業、ご苦労様です」

まずは頭を下げた。

「皆さんは、この街の復興のため、毎日汗を流しています。そのおかげで、日々着実に農地除染は進んでいます。それほど遠い将来でなく、農地が復興し、風に揺れる稲穂の波が目に浮かぶようです」

しんみりとした語り口調だった。

「しかしです」

語調が変わった。

「もし除染作業員の宿舎で殺傷事件が起こったら、どうなるでしょう」

若い男も怒鳴り声をあげた。

「いいか、忘れるな。おまえたちはな、この土地の人たちのおかげで、日々食わして貰えているんだ。もし土地の人たちが、おまえたちが、この土地にいることを不愉快に思ったら、いられなくなるんだぞ」

理不尽な理屈で脅し始めた。

「今のおまえたちに、この土地以外に、生きていける場所があると思うのか。仕事をさせて貰えることに感謝しろ」

さすがにそこまで言われて、作業員の間に不穏な空気が流れ始めた。たった一本の果物ナイフで、どうしてそこまで言われなくてはいけないのだ。不穏な空気が流れるのも当然だ。しかしみんな耐えている。それをいいことに、壇上の男の叱責は、それから三十分も続いた。そして最後に言った。

「除染作業が完了した暁《あかつき》には、素晴らしい未来が用意されている。市民の皆様や、専門家の先生方が知恵を絞った、素晴らしい未来の設計図、ビジョンが描かれている。それを台無しにしないでくれ。わかったか」

最後の「わかったか」は声を裏返した怒鳴り声だった。魂の叫びとでも言えばいいのか。しかし俺たち全員がシラケきっていた。その気持ちを引き摺《ず》ったまま、重たい足取りで俺たちは現場へと向かった。

昼休みの時間、車のシートを倒して文庫本を読む俺の耳に、雑談をしている作業員の声が聞こえてきた。

「今朝のあれはないよな」

顔を上げると、すぐ近くのベンチで、三人の若い作業員が煙草を吸いながら黄昏《たそがれ》ていた。

「除染後のビジョンてなんだよ」

別の作業員が吐き捨てるように言った。

「たとえ線量が下がったとしても、福島で作った米を買う奴がいるのかよ」

暴言だが、肯《うなず》かざるを得ない言葉だった。

俺が暮らしていたC市でも、福島の米は忌避されていた。原発事故があった浜通り地区から遠く離れた会津地区では、震災以降も米が出荷されている。同じ福島県という理由で、その米に手を出さない人間は多くいた。秋田とか、北海道とか、できるだけ福島から離れた産地の米を選んで買っていた。俺などは、ほとんど外食か、コンビニやスーパーの弁当なので、それほど気にしたこともないが、福島以外の米はないのかと、レジで文句を言っているおばさん連中の姿を見かけたことも一度や二度ではない。

「俺思うんやけどな」

関西弁の声が混じった。

「ここでけた米は、国が買い取ってムショに回されるんと違うか」

「そうだな。懲役打たれている人間は、全国で七万人くらいはいるだろう。それだけいれば、十分に消費できるよな」

「もう迂闊《うかつ》に懲役行かれへんなあ」

たわいもない会話が交わされた。忍び笑いも聞こえた。会話の内容からして、彼らは刑務所帰りなのだろうか。唐突に怒鳴り声が響いた。

「こらあ、おまえら、何しとんじゃ」

ノリアキの声だった。

「車の中以外は禁煙だと言っただろう。守れないんだったら退場させるぞ」

怒鳴られた三人は、手にした缶コーヒーに煙草を慌てて消し入れ、平身低頭で自分たちの車に戻った。明らかに年下と思えるノリアキに叱られて、あれほど恐縮しなくてはいけないのは、ここ以外に働く場所がないからなのだろう。

「木島さん、お願いしますよ」

車の窓にノリアキが顔を覗かせて、俺に渋面を見せた。

「現場では車の中以外禁煙です。そこのところ、きつく守らせてくださいね」

「こんな場所でも？」

不思議に思って問い返した。あたりには民家はなく、通行している車も見当たらない。街中でもあるまいし、どうして屋外喫煙に、それほど神経を尖らすのかわからなかった。

「こんな場所でも、です」

ノリアキが鼻の穴を膨らませた。仕方なく了解したが、その五日後にノリアキの言葉が身に染みる事件が発生した。

除染作業員は作業が終わった後、俺たちはもう一度、朝礼会場に集合する。携帯しているガラスバッジのバーコードを朝礼会場のパソコンで読み取って、退勤手続きをするためだ。原則として退勤手続きは、個人単位で行うことが義務付けられていたが、作業員数に比べ、パソコンの台数が限られており、長蛇の列とまでは言わないが、時間帯によっては、かなり混雑する。したがって、何人か分をまとめて手続きし、ほかの人間は先に宿舎に帰るということが、当たり前のように行われていた。ガラスバッジは、所有者ごとの累積被ばく量を確認するために携帯しているものだ。板ガムほどの大きさで、板ガムよりは少し厚い。そこに記録された累積被ばく量を読み取るためには、専用の機械が必要であり、退勤手続きの段階で読み取るバーコードは、タイムカードの代わりだった。

読み取ると、画面に作業員氏名が表示される。プルダウンメニューで、その日の作業現場を確定し、想定被ばく線量を手入力して終わりだ。この想定被ばく線量は、入場前にノリアキから「コンマ01でいいっすから」と伝えられ、全員が、単位もわからずその数字を打ち込んでいる。俺たちのチームも、グループの代表者（というか雑用係）が、ガラスバッジの束をジャラジャラさせて、退勤手続きをまとめてしていたが、俺は退勤後に外食するので、自分の分は自分でやっていた。

その日も退勤手続きの列に並んでいたところを、ノリアキから声を掛けられた。これから周知会があるのだと言う。周知会は事故などを起こしたグループの職長が、各グループの職長に報告を行い、再発防止を呼び掛ける会だ。

「トンパックの積み込みのときにユニック車が横転したみたいです」

「それだけでも周知会になるの？」

周知会は別名「羞恥会」とも呼ばれ、要は事故を起こしたグループの職長を晒《さら》し者にする会だと聞かされた。

「さすがにそれだけでは、周知会になりませんよ。作業員がね、横転したユニック車の下敷きになってね、救急搬送されちゃったんっすよね」

「命に別状はなかったの？」

「それは大丈夫だったみたいですけど、かなりの怪我をしたみたいです」

朝礼会場の壇上に設置された、除染地域を示す大きな地図が目に浮かんだ。その右上部に、誇らしげに掲げられている『無事故連続日数』は、確か千日に迫る勢いだった。あれがゼロにリセットされるのか。そりゃ、晒し者になるのも仕方がないなと納得した。

周知会が始まったのは退勤時間の二時間後、午後七時からだった。

事故を起こしたグループの職長が前に出て、百人近い職長の前で、事故の経緯を発表する。プロジェクター・スクリーン代わりのホワイトボードに映し出される現場写真を解説しながら、事故の経緯を説明するのだが、言葉の区切り区切りに詫びを入れて、頭を下げるさまは、なるほど羞恥会だった。

朝礼会場に椅子を搬入し、会場を設営したのも事故を起こしたグループだったので、終わった後の片付けも、彼らの仕事なのだろう。着席した百人余りの職長を取り囲むように、十数人の元請の社員が、腕組みをして睨みを利かせていた。

「あれ、何をしているの？」

会場をうろうろして、カメラを構える元請の若手社員に目を向けて、小声でノリアキに訊いてみた。まさか記念撮影というのでもないだろう。

「本社とか行政に提出する資料に添付する写真の撮影でしょ。これだけちゃんと反省会をやりましたよ、という示威行動っすよ」

俺よりも、もっと声を抑えたノリアキが、前を真っ直ぐ見たまま、唇を動かさずに囁いた。示威の意味が微妙に違うのではないかと感じたが、それは聞き流した。職長の反省が終わって元請の社員が前に立った。朝礼で見かけたことのない年配の男だった。果物ナイフに激昂した社員より、さらに横柄な態度だった。

「いいか、よく聞け」

いきなりだ。

「このままでは、俺たちが苦心して築き上げてきた無事故記録が、途切れてしまう」

俺たち？

「今の反省に抜けていたことを言うが、どうして俺たちに相談もなく、救急搬送を手配したのか、一番の問題点はそれだ」

意味不明なことを言った。無断も何も、作業員が、横転したユニック車の下敷きになったのだ。誰でもそうするだろう。

「病院での診断の結果、下敷きになった作業員はあばらが二本折れていた。折れていたといってもヒビが入った程度だ」

間をおいて俺たちを睨《にら》み渡した。

「それで一週間の入院だと言う」

フンと鼻を鳴らして肩を上下させた。

「あばらにヒビが入ったくらいで一週間も入院するか、普通」

するだろう。何を意味不明なことを言っているんだ。

「さっきの職長はわかっていないようだから、元請の人間として、おまえたちに言っておいてやる。事故が起こったら、いの一番に、元請の現場ごとの担当者に連絡しろ。元請の担当者が現場に行って、必要と判断するまでは、救急連絡はするな」

ますます意味不明だ。俺の憤慨を察したかのように、ノリアキが小声で囁いた。

「立ち上がったりしたらダメっすよ」

言ってから膝の上に置いた俺の右手首を軽く押さえた。暴言を吐き散らした元請の担当者がマイクを置いた。代わって、朝礼会場で司会を務める社員がマイクを握った。

「部長、有意義なご指導ありがとうございます」

大仰に、部長とやらの背中に頭を下げた。

「皆さんも、部長の話をしっかり受け止めてください。皆さんは、あくまでこの町に出稼ぎに来ている人間です。市民ではありません。ですから市民の方々のために用意されている救急車を、安易に使うというのは遠慮して頂きたい。病院のベッドもそうです」

言葉こそ丁寧だが、こいつもわけのわからないことを言っている。除染作業員を人間扱いしていない。いやむしろ、こいつらこそ人間なのか。胸糞が悪くなるような周知会も、ようやく終わりかと思ったときに、会場に、泡を食った元請の社員が駆け込んできた。そいつが部長と呼ばれた男に、何やら耳打ちをした。部長が血相を変えて全員の前に進み出た。奪い取るようにマイクを握って怒鳴り声を上げた。スピーカーが壊れるかと心配になるほどの怒鳴り声だった。

「富岡地区の除染をやっている会社、立てえ」

弾かれたように、何人かの職長が立ち上がった。ノリアキも、そのうちの一人だった。

「うちの工区じゃないですか」

イラつく声で言われて俺も立ち上がった。

「今日の……作業終わりに……」

興奮のあまり、元請の部長は声を詰まらせている。何事があったのかと動悸がしたが、それほど大袈裟なことでもなかった。詰まり詰まり、元請の部長が語った話によると、その富岡地区で、除染作業員が、煙草のポイ捨てをしたらしい。それを見咎《みとが》めた住民が、市役所に通報し、市役所区の担当から、ゼネコンの事務所に連絡があったらしい。

「さ、さ、最低の行為だ。人間として、許されない行為だ」

興奮した部長はそこまで言った。確かにマナー違反だとは思うが、人間として、とまで言うことなのだろうか。

「今夜一晩やる。明日の朝礼までに犯人を特定して、差し出せ。もちろん犯人は、現場から退場だ。もし明日の朝礼までに犯人が特定できなかった場合は、今立っている会社全部を退場処分にする」

そう言い残し、マイクを投げ捨て、部長が会場を後にした。

その夜は、さすがに俺も宿舎に戻った。夕食時間が終わった食堂に、うちの作業員全員を集めて、ノリアキが事情聴取をした。犯人は、俺の作業チームの若い男だった。それで解散になった。ノリアキと若い男だけが食堂に残った。俺も残ると言ったのだが「ここから先は、ややこしい話になりますんで」と、ノリアキに同席を拒まれた。しかしその若い男は、翌日の朝礼にも参加していた。怪訝《けげん》な顔で男を見る俺に、あとで説明するとノリアキが言った。朝礼後に移動した現場でノリアキから説明を受けた。朝礼前に犯人を差し出したと言った。

「しかし、彼は朝礼会場に……」

「身代わりを出したんっすよ。あいつは数少ないユンボのオペですし、いなくなると困るんですよね」

「身代わりって……」

「東京から応募してきた還暦の爺さんです。歳が歳だし、腰を痛めているとかで、動きも悪いし、一応、頭数ではあるんで、名簿に入れてはいたんっすけどね」

「本人がよく納得したな」

「生意気に文句は言っていましたけど、とりあえず、月末までの日当と、帰りの高速バス代を払ってやるということで納得させました」

「納得させた?」

「しなけりゃ、作業員名簿から外すだけです。うちの雇用契約は、期間の定めのない雇用契約ですから、会社が要らないって言えばそれまでなんっす。まあ、実際は違いますけどね。一応臨時社員にも、労働者の権利みたいなもんがあって、そんな簡単に済ませられる話じゃないんですけど、残念ながらそれを知っている労働者は、ほとんどいないですから」

事もなげに言った。

「でも本当だったんだね」

「何がっすか?」

「車の中以外で煙草吸っていたら、退場になるって」

「ああ、あれね。除染一一〇番に通報されたのが悪かったっす。木島さんの町にも、そんな窓口あったでしょ」

あったような気もするが、記憶が定かではなかった。

「もともとはそういう趣旨ではなかったんでしょうけど、今では、ストレスが溜まっている市民様が、除染作業員をチクるためにあるようなもんで、チクられたらどんな些細なことでも、アウトっすよ。窓口の職員も、ストレス溜まっているだろうし、それをゼネコン相手にぶちまけるんですよね」

周りに人がいなくても、双眼鏡とかで監視している市民もいるので、注意してくれとノリアキが言った。

「退場する彼はどうしているんだろ？」

聞きたくない話が続きそうだったので話題を変えた。

「使った部屋を掃除して、昼までに出て行ってくれって言っときました」

時刻はまだ昼前だった。

「様子を見に行ってもいいかな？」

俺の申し出にノリアキが目を丸くした。別にそれほど気になったわけではないが、何となく罪悪感のようなものを、俺は感じていた。

「別に構わないっすけどね。だったら部屋の鍵を回収して来て貰えますか」

ノリアキの許しを得て、俺は宿舎に車を走らせた。退場する作業員の名前は山本だと言った。宿舎に着くと、ボストンバッグを横において、階段に座り込んでいる男がいた。

「山本さん？」

声を掛けると、相手が立ち上がって頭を下げた。

「すみません。すぐに出ていきますので」

「いや、昼まででいいんだけど、駅までの足はあるの？」

駐車場に停まっているのは俺のワゴンカーだけだ。

「歩いて行きますんで」

「駅まで歩いたら、三時間以上掛かるでしょ」

「急いで帰りたいわけでもありませんから」

「東京ですよね？」

「ええ、浅草です。でも――」

何か言おうとして言い淀《よど》んだ。

「でも？」

気になって先を促した。

「生まれも育ちも、ここなんですよね」

「この町の育ちなんですか」

「ええ」

山本が肯いて口にした地名は、この町の南部地域、避難地区に指定された地名だった。

「十年前まで、そこで農家をやっていたんです」

そう切り出し、問わず語りで身の上を語り始めた。零細農家だった山本は、生活に困窮し、家と土地を売って心機一転東京を目指した。家族を伴っての上京だったが、そこでの暮らしはけっして楽なものではなかった。

「娘がね、イラストだか何だかの専門学校に入りたいって。こんな田舎じゃ、プロにはなれないって。それでね、そうまで言うんだったら、家族三人で行くかって」

家族で行けば食費とかは抑えられる。何よりその時点で、すでに食うのがカツカツの生活をしていたらしい。娘の入学金を手当てするためにも、土地を売るしかなかったと言う。

「娘が張り切っちゃいましてね、インターネットで私の働き口を探してくれたんですよ」

地元の感覚からすると、驚くほど高い時給だったらしい。それでも月の収入は二十万円に足りないくらいで、しかも農家の経験しかない彼には、体を使う仕事しかなかった。

「いろいろ職を転々としました。そのうちに、なれない仕事で腰をやっちゃって。それ以来、嫁も働いてくれたんですけど……」

娘の教材費を払うと、三度の食事にも事欠く生活だった。

「どうするかって嫁と相談していたら、原発事故が起こったんです。故郷を捨てた罰ですかね。あのまま残っていたら、億万長者だった。そのことで、ずいぶん嫁とも口喧嘩になりましたよ。どうしてあの土地を捨てたんだって」

捨てた故郷のことが気になって、新聞とか週刊誌の記事を読んでいた山本は、除染作業員という職があることを知った。日当も悪くない。宿舎も飯も付いている。条件に惹かれて応募して即採用された。

「どうにか親子三人で暮らせるくらいの収入のめどは立ったんですけど……」

山本クラスの作業員の手当ては、月に二十万円そこそこだろう。黙り込んだ山本に駅まで送ろうと申し出た。山本は首を横に振った。

「東京に戻っても、生活できないんですよ。除染の現場はここだけじゃありません。他の町のハローワークに行って、除染作業員の口を探します。ここより南は、人の住めない地区でしょうから、国道に出て、北に向かうバスに乗ります」

そう言って、足元に置いたバッグを持ち上げ、頭を下げて農道への道を歩き始めた。その背中を、俺は何も言わずに見送った。歩きながら山本は、歌を口ずさんでいた。はっきりとは聞き取れなかったが、歌の調子でそれが何かわかった。山本が口ずさむ歌は、小学校で習った「ふるさと」だった。記憶を辿って歌詞をなぞった。三番の歌詞は確かこうだった。

　こころざしをはたして
　いつの日にか帰らん
山は青きふるさと　水は清きふるさと

その歌詞に、おやじさんと訪れたトロ場の景色が重なった。

水のきれいな流れだった。あの流れにセシウムが溶け込んでいるのだ。ヤマメが泳ぎ、藻屑蟹が棲む、あの流れに。

自然と俺の足は、作業員宿舎の裏山に向かっていた。そしておやじさんの最期の場所に至った。整地されていたが、その場所を見誤ることはなかった。跪《ひざまず》いて両手を合わせた。そうしながら、自分の内面を見つめた。

どうしてバス停まで送ると言わなかったのだろう。駅ほどではないにしろ、バス停までだって、歩いて一時間は優に掛かる。それなのに俺は、無言で山本の後姿を見送った。

俺は恐れたのだ。俺が月に得る報酬は、山本の二年分の稼ぎを超える。山本に、自分が手を差し伸べるのではないかと、それを俺は恐れた。

手を差し伸べるということは、金を援助するということだ。それを自分が口にしてしまうのではないかと、恐れた。そう、恐れたのだ。躊躇したのではない。恐れたのだ。俺が自分の金を、見も知らなかった人間のために使う謂《いわ》れなどない。それはわかっている。

世の中には、もっと不幸な人もいる――はずだ。世界を見れば、飢えで死ぬ子供たちも、当たり前のようにいるのだ。

おまえは何かを必死で薄めようとしている。

自身を責める声があった。

おやじさんの最期の場所に跪いて、おまえは何から逃れようとしているのだ。

頭の中で渦を巻く声があった。

この場所に跪いて、両手を合わせて、必死に打ち消そうとするのだが、頭の中の自分を責める声は渦を巻くばかりだった。五百万円のことさえなければと、そんなことまで考えてしまう。昔のままの、薄給のパチンコ店の店長だったらどうだったのか。薄給ではなかったかもしれないが、それに見合うだけの長時間労働はしていた。あのままの俺だったら、間違いなく山本を車に誘っただろう。バス代だと千円くらいは渡したかもしれない。しかし今の俺の収入で、千円を渡すなど、いかにもおためごかしに思えてしまう。

では一万円ならどうだ。山本は思うかもしれない。ろくに体も動かさず、現場に立っているだけで、とんでもない金を貰いやがって。一万円なんぞ、お前にとっては鼻紙だろう。

考えすぎだとはわかっているが、山本にそう思われるのが怖くて、俺はただその背中を見送ったのだ。

原発避難民のことが脳裏を掠めた。

思いもしなかった賠償金を受け取って、彼らも同じように苦悩したのだろうか。

以前テレビで観た特集を思い出した。その番組では、親族や友人に金をたかられる原発避難民を取り上げていた。宝くじに当選した人間に、いきなり友人が増える、あれと同じだ。寝たきりの母親の介護をする女性がいた。その女性はそれが理由で婚期を逃した。二人で住む地区が、避難地区に指定され、女性は、体の不自由な母親を連れて、違う土地に移住した。

移住してからしばらくして、女性の兄弟たちが彼女のもとを訪れた。ひとりでは大変だろう、母を引き取りたいと申し出た。兄弟らの目的は、母親に支給される賠償金だった。それまで、盆暮れにさえ顔を見せなかった彼ら彼女らが、奪い合うように、母の面倒を見ると申し出た。

女性は母から引き剝がされた。会うことさえ許されなくなった。お金は要らないから、母を返してほしいと、テレビカメラに訴える彼女だった。しかしその番組を観ながら俺は「法外な金を貰ってんだから仕方ないじゃない」くらいにしか考えなかった。

他人事ではない。もし俺が、月に五百万円の収入を得ていると知ったら、ゲタやシモフリやトモは、地元の仲間は、以前のままの友達でいてくれるだろうか。

そう考えてゾッとした。いやでも赤崎の言葉が思い出された。過剰とも思える賠償金の狙いは、原発避難民と一般市民との分断を意図した施策だと言った。俺も分断されようとしているのか。不都合な真実を抱えてしまった俺も、地元や友人から、分断されてしまうのか。月に五百万円。その金額を知る前から、純也の立場を引き継ぐと知ったときから、俺は、心が休まったことがない。浮き立ったことなど、一度もない。

雑木林に跪いたまま、不安に押し潰されそうな想いに、気が付けば俺は涙を流していた。声に出さずに助けを求めて、泣き続けた。赤崎が言った奔流に、俺も巻き込まれているのだろうか。純也が巻き込まれてしまった奔流に――。

その夜も、俺は夢にうなされた。札束の夢ではなかった。俺がうなされたのは、おやじさんの最期の姿だった。おやじさんは、激しく燃える炎の中で、口を大開きにして苦しんでいた。喉を掻《か》き毟《むし》っていた。断末魔の叫び声を発していた。そして焼け崩れていくおやじさんの目から、壊れた水道の蛇口を思わせるような涙が溢れ出ていた。俺の背後に純也がいた。木に凭《もた》れて、足を投げ出し、両手で腹を押さえていた。腹を押さえた純也の指の間から、夥《おびただ》しい血が流れていた。純也も泣いていた。

4

一回目の支払日が到来した。

今日振り込まれるのだ。何に使いたいとか思い付かないし、五百万円の金そのものの質量が、まったく見当もつかないが、俺が人生で初めて手にする大金だ。朝礼会場に向かう前に、コンビニのATMで残高を照会した。もちろん午前七時前に、振り込まれているわけはないとわかってはいたが、それでも照会せずにはいられなかった。自分のキャッシュカードに、ATMが正常に反応したことに満足して、俺は昼休みを待つことにした。いつものように、作業現場の傍らに立って、作業員らが立ち働く様子を監督する振りをしながら、俺は、時計ばかり見た。時間の進みが遅く、ようやく十時の小休憩になった時には、コンビニまで走るかと考えたが、さすがに三十分の休みで往復するのは忙し過ぎると考え直した。何しろ五百万円なのだ。余裕をもって確認したかった。十一時過ぎに、ノリアキが現場に顔を出した。班長連中と簡単な打ち合わせをしてから、俺のほうに歩み寄ってくる。俺は前を向いたまま気付かない振りを装った。ノリアキがそのまま俺の横を通り過ぎた。擦《す》れ違うタイミングで囁いた。

「今日ですね」

顔面がカッと熱くなった。しかし俺は、振り返ることもできずに、前を凝視したままでいた。何も見えてはいなかった。ただただ前を凝視した。そして昼休みになった。走り出したい気持ちを抑えて、ゆっくりと自分の車に歩み寄った。そっとドアを開け閉めし、エンジンを始動させて、静かに車を出した。まるで教習所第一段階の運転だ。現場を離れてからも教習所運転を続けて、コンビニを目指した。こんなチンタラしていたのでは、昼飯を食いはぐれるなとも考えたが、もとより空腹など感じていなかった。コンビニのＡＴＭの前で大きく深呼吸して、キャッシュカードを機械に挿し込んだ。残高照会ボタンを押して、暗証番号を打ち込んだ。画面に残高が表示された。残高が――。

「えっ」

思わず驚きの声を出してしまった。変わっていない。朝、残高を照会した時と、金額が変わっていない。入金されていないのだ。終了ボタンを押して、再度残高照会をした。やはり入金されていなかった。胸の動悸を抑えながら、三度繰り返したが、間違いなかった。入金されてなかった。呆然と、夢遊病者の足取りでコンビニを出た。俺の車の隣に白のハリアーが停まっていた。ノリアキの車だ。運転席のドアウインドウがするすると下がって、奴が顔を覗《のぞ》かせた。

「残高照会っすか？」

図星を指された。朗らかな笑顔だった。

「いや、弁当を――」

買いに来たと言いかけて、呑み込んだ。自分が手ぶらなのに気付いた。

「すいやせん、連絡不足で」

朗らかな笑顔のままノリアキが車を降りた。

「前もって断っておくべきだったんっすけど――」

言葉を区切った。止めなのか？　五百万円はないのか？　そんな思いが、光の速度で俺の脳裏を通過した。

「そんな怖い顔しないでくださいよお」

阿《おもね》る口調でノリアキが言った。

「お約束の金です」

そう言って手に持っていたコンビニ袋を差し出した。

「表に出せない金でしょ。銀行振り込みは拙《まず》いじゃないっすか。だから現金手渡しです」

とろけるような笑顔を見せた。

「どうぞ。木島さんの取り分です」

頭が整理できないまま差し出された袋を受け取った。ずっしりと重たかった。隙間から札束が見えた。体が震えた。五百万円。俺の物になった。

「今夜空いていますか？」

「今夜？　も、もちろん空いているけど」

「仙台に付き合ってくださいよ。こんな日に漫喫泊まりもないでしょう」

「知っていたのか？」

「気を悪くしないでくださいね。宿舎の飯も喰わない。どころか帰っている気配もない。気にしていたら、朝、漫喫に木島さんの車がある。尾行とかしていたわけじゃないっすよ。気になって見ていたら、そこから出勤しているじゃないですか」

俺が寝泊まりしていた漫画喫茶は朝礼会場のすぐ隣だ。

「むしろ、気付くのが遅れて、申し訳ないって思っています。何も木島さんが、作業員宿舎なんか泊まることはなかった。かといって、ここじゃホテルは無理だし、いっそ仙台から通えばどうです？」

純也のことが頭に浮かんだ。

「仙台でマンションを借りるのか？」

「それでもいいし、ホテル暮らしでもいいですし。でもマンションだと、洗濯とか掃除とか、いろいろ手間でしょ。世話してくれる女います？」

「そんなのいないよ」

「だったらホテル暮らしのほうが楽っすね。そのうち世話してくれる女が見つかったら、マンションに移ればいいいんじゃないっすか」

同意もできない。否定もできない。頭の整理がついていない。俺が今理解しているのは、五百万円が思った以上に重たいことだ。コンビニ袋をぶら下げた手に、ずっしりとした重量感が伝わってくる。

「それじゃ俺、元請に、納品書起こさなくちゃいけないんで。現場が終わったら、朝礼会場で合流しましょう」

何も言えないでいる俺を残して、ノリアキのハリアーが、重たいエンジン音とともにコンビニの駐車場から去った。今夜、仙台に行くのか――。他人事のように考えた。確かに漫喫のフラットシートは熟睡できなかった。狭いし硬いし、何より鼾《いびき》や歯軋《はぎし》りに安眠を妨げられることがほぼ毎日だった。寝言で叫ぶ奴もいる。顔馴染みになった店員の話では、仕事にあぶれた除染作業員が泊まりに来ているらしい。あんたもその一人じゃないんですか、みたいな目で見られた。店員は地元の人間で、俺のことをどう思っているかは知らないが、あれこれ除染作業員の悪口も聞かせてくれた。なかでも印象に残っているのは、牛丼屋で宴会をする除染作業員の話だ。

「並盛と生ジョッキの小だけ頼んでね、それで宴会するんですすよ」

ずいぶん慎ましやかな宴会だなと思ったが、違った。

「あいつら発泡酒持ち込んでね、ジョッキに継ぎ足しながら飲んでんですよ」

つまみは紅ショウガだと言う。

「空いた牛丼の器に、山盛り紅ショウガを取ってね、それをつまみに長時間飲んでいるんです。そんなの宿舎でやれよって」

気持ちはわかる気がした。漫喫の店員の気持ちではなく、除染作業員らの気持ちだ。宿舎の食堂の席数は、十分とは言えない。席がいっぱいだったら、先に風呂を済ませるとか、調整し合って食堂を利用している。そして午後九時になると、追い立てられる。賄《まかな》いのおばちゃんたちも時間で働いているのだろうが、仮にそうだとしても、まるで牛か馬を追い立てるみたいな態度にはうんざりする。

「よく牛丼屋の従業員が黙っているね」

「だって相手は、素性の知れない除染作業員なんですよ。迂闊《うかつ》なことを言って、絡まれたら厭《いや》じゃないですか」

その気持ちもわかる。俺が知っているだけでも、犯罪絡みで新聞沙汰になった除染作業員はたくさんいる。主にはクスリだ。除染作業員イコール覚醒剤中毒者みたいな、短絡的なイメージすらある。

確かに素性の知れない奴らだと、以前は俺も何となくだが思っていた。ただ実際にそうなのだろうかという疑問は、今ならある。どんな小さなことでも、地元紙は除染作業員を取り上げる。やれ除染作業員の運転する車がガードレールと接触したとか。やれ除染作業員がゴミ出しのマナーを守らずに、地元自治会とトラブったとか。一般人であれば、ニュースにならないような些細なことでも、それが除染作業員となると、新聞は大事のように書き立てる。そんな紙面の中に、覚せい剤取締法違反で逮捕された除染作業員のことが時々報じられる。その繰り返しで、除染作業員イコール覚醒剤中毒者みたいな刷り込みがされてしまうのかもしれない。

覚醒剤以外に、以前は空き巣狙いもあった。避難地区での空家を狙った泥棒だ。避難指示発令直後に、これもずいぶん報道された。避難地区なので、放射線線量も高い。始終パトロールできないことをいいことに、避難民の家を荒らすのだ。それがどれくらいの稼ぎになるのか、宝の山ということもないだろう。しかしそんな高線量の場所に、厭《いと》わずに入って、盗みを働く連中に、俺たちは得体の知れない恐ろしさを覚えたりもした。ただその全部が全部、除染作業員だったのかどうか、不明だ。そんなことをするのは、除染作業員しかいないだろうというのが、俺たちの考えだった。

「でも、延々と席を占有する除染作業員に、我慢できずに、注意した勇気のある店長もいましてね」

まるでその店長が、村のヒーローであるかのような口ぶりで、満喫の店員が言った。注意を受けた除染作業員がごねて、最後はパトカーを呼ぶ騒ぎにまでなったらしい。その時の状況がわからないので、何とも判断のしようはないが、確かに発泡酒を持ち込んで、紅ショウガで宴会されたのでは、牛丼屋も堪《たま》らないだろう。ただ除染作業員が一方的に悪かったのか、それは疑問だ。通報されるほどのごね方だったのかも疑わしい。

俺も、鼾で眠れない夜、発泡酒でも飲んで寝るかと、漫喫のフロントで一缶買おうとして断られたことがある。

「入店のときに二本持ち込んでいましたよね」

そう言われた。その夜に限らず、俺はいつも、コンビニのレジ袋に入れた缶酎ハイ二本を、寝酒用に持ち込んでいた。認めると、店員が後ろの貼り紙を指で示した。それにはこう書かれてあった。

『除染作業員の飲酒は、持ち込みも含めて、アルコール類は二本までと制限します』

わざわざ、除染作業員は、と断っていることに厭な気がした。しかも入店時に、俺が缶酎ハイを二本持ち込んでいることを、横目でチェックしていたのか。揉めたくはないのでその場は諦《あきら》めた。ただそのことが癪《しゃく》に障《さわ》って、結局朝まで眠れなかった。

だったらそんなところで寝泊まりせずに、作業員宿舎に戻ればいいようなものだが、あの場所はあの場所で、いったん出てしまうと、中々戻る気にはなれない。これは俺の妄想かもしれないが、あの場所に戻ると、たとえば作業が終わって、牢獄に戻される囚人のような気持ちになる。だから仙台に行こうというノリアキの提案も、割と素直に聞けてしまった。しかしその一方で、その選択に間違いはないのかという躊躇もあった。それはまさに、純也が陥った選択ではないか。

純也が巻き込まれた事件の顚末《てんまつ》は、漫喫に置いてある地方紙でも報じられていた。純也を刺した男は送検されたらしい。罪状は傷害致死だった。殺人ではない。犯人は少年Aで、純也は仙台在住の除染作業員という扱いだった。報道のされ方は、少年Aに同情的だった。路上で喧嘩した除染作業員が、木刀で友人を殴り倒したのでカッとして刺してしまった。正当防衛ではないかという観測が書かれていた。いずれにしても、死んだのが除染作業員というだけで、純也のことは流されてしまうのだろう。

作業員宿舎には戻りたくない。仙台に足を向けるのには躊躇がある。漫喫で寝泊まりするのは体がキツイ。仙台以外の場所ならどうだろう。福島市とか——。いや気が進まない。ノリアキの会社がある街だ。何かそれだけで息苦しさを感じる。それに現場とのルートは県道だけだ。しかも山越え。

これは推測だが、県庁所在地だけあって、原発避難民のデモも多いのではないだろうか。県知事に対するデモの様子を撮影した写真が、地方紙に掲載されていた。住宅の無償提供打ち切りに抗議するデモだった。「住まいを奪うな！」と大書された横断幕を先頭に、農民一揆を思わせるムシロ旗のような幟《のぼり》が続いていた。墨書されている言葉が強烈だった。

謝れ！　償え！　補償せよ！

あの人たちは、自分たちが陰で何と言われているか知っているのだろうか。いや、知らないはずはないか。ネットの書き込みでも、頻繁に目にするようになった言葉だ。

原発乞食

さすがに俺がそれを口にすることはないが、その単語が脳裏に浮かぶのは止められない。そんな自分が厭になる。これ以上、原発避難民の人たちに嫌悪の感情は持ちたくない。だから避難民のデモなど見たくない。その気持ちが、福島市に向かう足を鈍らせる。

郡山《こおりやま》市ならいいかもしれない。震災以降、県庁所在地の福島を抜いて、もっとも人口が多くなった街だ。電力の関口に誘われたのも、郡山のホテルだった。しかし郡山も山越えになる。国道と県道を利用して、二時間近くかかってしまう。渋滞のことも考えれば、朝礼に間に合わせるためには、毎日午前五時起きになるだろう。その点仙台は、常磐自動車道が使えるので――。

考えるのが馬鹿らしくなった。あれこれ思いを巡らせながら、その一方で、おれの頭は、仙台以外の選択を打ち消そうとしている。五百万円持っているのだ。その金を使える街に住んでみたい。認めたくはないが、俺の頭の芯にある想いは、それだ。何が欲しいとか、何をしたいとか、それがわからないのは、こんな寂れた町にいるからだ。仙台の煌《きら》びやかな街並みに身を置けば、金の使い道も見えてくるだろう。金を受け取ることの是非は、疾《と》うに考えなくなっていた。受け取って何が悪いと居直るつもりはないが、俺が受け取らなければ、行き場を失う金なのだ。この金のために泣いている奴などいない。誰も困っていない。むしろノリアキの会社は、電力に恩を売れて、スーパーゼネコンに取引口座を得て、喜んでいるのだ。二代目社長を継ぐ自分には、願ってもないチャンスだとノリアキも言ったではないか。あれこれ考えた末に、元から決まっていた結論、俺はその夜、ノリアキに付き合って仙台に行くことにした。

午後八時過ぎ、ノリアキに先導されて、国分町近くにある二十四時間営業の駐車場に車を入れた。そのまま衣料品店に連れて行かれた。

「とりあえずブンチョウでいいっすよね」

「ブンチョウ?」

「国分町《こくぶんちょう》のことっすよ」

なるほど、遊び馴れた人間はそう呼ぶのか。定禅寺《じょうぜんじ》通りから国分町の通りに入った。眩《まばゆ》いばかりのネオンの洪水が、通りの果てまで続いていた。喧騒《けんそう》に、胸が自然と高鳴った。

「作業服じゃ肩が凝るっしょ。普段着を買いに行きませんか」

通りを歩きながらノリアキが言った。

「やっぱり、こっちでも除染作業員は嫌われるの?」

「まさか。宮城県にそれはないですよ。だいたいこのあたりの人間に、除染作業員なんて認識そのものがないですから」

ノリアキが呆れたように笑った。確かにそうかもしれない。前に国分町で飲んだときに、隣に座った女のことを思い出した。あの子は、除染作業員と原発作業員の区別もついていなかった。確かマキという名の女だった。

「宮城県はもう、被災地じゃないですからね」

「被災地じゃない?」

そんなはずはないだろう。山元町、名取市、多賀城市、東松島市、石巻市、女川町、南三陸町、気仙沼市、俺が思い浮かべることができるだけでも、津波で甚大な被害を受けた土地が多くある。仙台市も、確か五万戸以上の住宅が被害を受けているのだ。

「まあ被災地じゃないは、ちょっと言い過ぎかもしれませんけど、少なくともみんな、復興に向けて前を向いています。自分の足元のことで、いっぱいいっぱいの福島県民とは大違いです」

それは何となく理解できた。仙台に来ると息苦しさを覚えない。福島の、どの土地に行っても感じるそれがない。しかしだからと言って、福島県民が根暗だとは思いたくない。放射能汚染さえなければ、同じように前を向けたはずなのだ。

「それだけに、ちゃんとした店に行くのに作業着は拙いっす」

「でもこんな時間に……」

「大丈夫ですよ。国分町は、東北一の街仙台の、東北一の繁華街なんっすよ」

メンズファッションの店に案内された。今まで着たことがないような品揃えの店だった。その店でジャケット、パンツ、スニーカーを誂《あつら》えた。それと大判サイズのクラッチバッグを買った。クロコのクラッチバッグだ。銀行に入れようと思っていた五百万円は、まだ俺の手元にある。貰った時のまま、コンビニ袋で持ち歩いている。それを入れるためにクラッチバッグを買った。十六万円以上したが、惜しいとは思わなかった。

現場の作業終わりの時間には銀行は閉まっている。コンビニのATMから入金しようとしたら、ノリアキに笑われた。「五百万も入れたらATMパンクすっでしょ。まあ俺もそんな金額、入れたことはないっすけど」と。それで仕方なく持ち歩いているのだ。メンズショップで二十七万円ほど使ってしまったが、クラッチバッグには、まだまだ唸《うな》るほどの金が入っている。

何を喰いたいとノリアキに訊かれたので、魚が欲しいと希望した。牛タンは、純也に案内されて喰っていた。純也――。思い出したくないことを思い出してしまった。この街で、あいつは何を考え、何を感じ、何を夢見て生きていたのだろう。一億円握って、女に店をやらせるとか言っていた。今の俺なら、二十ヶ月、二年足らずで得ることができる金だ。

「除染の現場は、あとどれくらい続くんだろう」

長くはないと純也が言っていたことを思い出して、ノリアキに訊いてみた。

「一年ってところじゃないですか」

ということは六千万円か。それだって十分な金額なのだが、受け取れる上限がわかってしまうと、気持ちが少しだけ萎《しぼ》んでしまった。

「どうしました？　先を考えてしまいますか？」

「いや、そういうわけじゃないけどさ。ノリアキの会社から月に五百万円貰って、たった一年しか現場が持たないんじゃ、申し訳ないかなと思って」

「除染の次があるじゃないっすか」

「次というのは？」

「現場に仮置きしているトンパックを、中間貯蔵施設に動かさなくちゃいけないでしょ。その中間貯蔵施設も、どうなるのか、今のところ先が見えていない。さらには移動の問題があるっしょ。これも金が動きますよ。動くのは間違いないけど、具体的な計画さえ、明らかになっていないんじゃないかな」

　ノリアキの顔がいつになく真剣だ。

「そんなタイミングで、スーパーの協力会社に入れたのは美味しいです。この機会を、何としても物にしませんとね」

「どちらにしても、除染が終われば、俺は、あと一年でお払い箱だな」

「何を言っているんっすか。今回の仕事は、木島さん名指しで持ち掛けられたんっすよ。どんなパイプがあるのか知りませんが、これからもうちの顧問でお願いしますよ。顧問というより、コーディネーターですかね。いずれにしても、うちは木島さんの面倒を当分見させて貰います。そのつもりで、ヨロシク」

ノリアキが深々と頭を下げた。そうかノリアキは事の経緯を知らないのか。知らないから、俺が電力やスーパーに強いパイプを持っていると勘違いしているのだ。

勘違いなのか？

ふと、そんな疑問が脳裏を過《よぎ》った。勘違いではないのかもしれない。俺は、俺自身が思う以上に、電力に対する影響力を持っているのかもしれない。コーディネーター。時々ニュースなんかで登場する意味不明の職業だ。意味不明だが、大金を稼いでいるというイメージがある。俺はそういう立場で、今後も仕事ができるのだろうか。

「ああ、ここっすね」

スマホを覗きながら歩いていたノリアキが、一軒の店の前で立ち止まった。割烹《かっぽう》の置き看板が出ている店だった。

「居酒屋じゃないんだ」

「木島さんと初めての食事なんっすから、それなりの所に、ご招待しなくちゃね」

「ご招待？　奢ってくれるの？」

「当たり前じゃないっすか。誘ったのは俺っすよ」

ノリアキに勧められて、店内に足を踏み入れた。静かな店だった。和服姿の女の人が対応してくれて、俺とノリアキは個室に通された。

「嫌いなものとかありますか？」

ノリアキに訊かれた。ないと答えると、ノリアキがコース料理を二人前注文した。酒はと訊かれたので、飛露喜はあるかと店員に訊ねた。大吟醸ならあるということなので、それを冷で貰うことにした。

「何っすか。そのヒロキって」

「会津の銘酒だよ」

「へえ、知らなかったっす。でも……」

「でも？」

「会津の酒って大丈夫なんっすか。放射能とか」

「馬鹿言ってんじゃないよ。ここ仙台より、会津のほうが、はるかに第一から離れているじゃないか。同じ福島の人間が、風評を流してどうすんだよ」

ノリアキが、バツが悪そうに頭を掻いた。それに飛露喜は、電力の関口に飲ませてもらった酒だ。電力の上の人間でさえ気にしていないのだから、放射能の影響はないのだろう。飛露喜を一口飲んで、ノリアキは、「うまいっすね」と、それが本心かどうかは別にして、大仰に評価した。

「木島さん、通なんっすね。他にもお勧めの日本酒あったら、教えてくださいよ。俺も、大人の仲間入りをしなくちゃいけない歳っすから」

ノリアキに煽《おだ》てられたが、他にと言われても、おやじさんに教えて貰った田酒しか、特別な銘柄は知らない。しかし今の俺に、田酒は苦く思えた。それに田酒は、こんな場所で飲む酒ではないだろう。俺にとっては、もっと素朴な酒だ。「田酒という青森の酒があるけど、あれは春の酒だからな」と、通を気取ってごまかした。

前菜から始まった料理は、どれも驚くほど美味かった。「こんなものをありがたがっている奴らの気がしれない」半分残したファミレスの三色丼に、煙草を埋め潰した純也の姿が浮かんだ。こんな食事が当たり前になったら、俺も、三食丼を不味く感じるのだろうか。飛露喜の二合徳利を三度追加して、デザートになった。デザートは杏仁豆腐とずんだ餅だった。もう二度と、作業員宿舎の飯は喰えないと思った。その一方で、春になったら、ヤマメの塩焼きで、田酒を飲みたいとも思った。

デザートを食べ終えて、このままホテルを探してチェックインというのも味気ない気がする。俺たちの周囲はネオンの渦なのだ。そしてクラッチバッグには、ぎっしりと金が詰まっている。

ノリアキをノミに誘った。次の店は奢ると申し出た。いつかみたいに調子に乗って何軒もはしごをしなければ、二人で十万円もあれば足りるだろう。はした金だ。

「飲みに行くのはいいっすけど、俺、このあたりの店は詳しくないっすよ」

躊躇するノリアキに、任せておけと鷹揚《おうよう》に笑いかけ、ネオンに挑むように歩き出した。

クラッチバッグから財布を取り出して、名刺を探した。目当ての名刺は、地元のレンタルビデオの会員証の裏に挟まっていた。

《ロンリームーン》

以前訪れたキャバクラの名刺だ。マキとかいう女が俺の席に付いた。除染作業員と原発作業員の区別も付かず、月収が、三百二十五万円だと言った俺のホテルの部屋まで来てもいいと言った女だ。三百二十五万円は、その時点で、純也が下請けから得ていた裏金だった。その純也の名前を俺は騙《かた》って、同じ時間帯に純也は喧嘩で刺されて死んだ。そのことを思い出すと、萎《な》える気持ちにもなったが、クラッチバッグは金でパンパンだ。帯をしたままの金が、まだ四束もある。俺のテンションは、純也の想い出くらいでは収まらなかった。煩《うるさ》くつきまとう客引きをあしらいながら、五分ほど歩いたところで、目当ての店の看板を見つけた。

店頭に立つ男性従業員に声をかけて、マキの出勤を確認した。指名すると告げて入店した。席に着いてすぐに、マキともう一人、同じくらい若いミカという女が俺たちの席に付いた。マキの親友だというミカも指名してやった。場内指名というやつだ。

「マキちゃんの彼氏さんなんですか？」

ミカが指名の礼の後で訊いてきた。それにマキが応えた。

「残念ながら、まだそこまでいってないっちゃ。前にマキ、フラれちゃったのですう」

マキが哀しそうな顔を作って甘える声で言った。

「へえ、何をする人なの？　会社員には見えないよね」

「原発の人なの。すっげえんだよ。月収が三百二十五万円なんだからあ」

ミカが目を見開いた。俺は苦笑した。除染の仕事をしているといった俺の話を、勝手に原発作業員だと誤解したのはマキだ。しかしマキの発言は、ノリアキにそれなりのインパクトを与えただろう。コーディネーターとしての俺の実績を、いいように勘違いしてくれたに違いない。

「今の月収、教えてあげてもいいっすか？」

ノリアキが俺に確認した。勿体《もったい》ぶって肯《うなず》いた。

「木島さんはな、今月から五百万円手にしているんだ」

ノリアキの暴露話に、二人の女のテンションが忽《たちま》ちマックスになった。釣られて俺のテンションも上がった。第三者の目を通して、自分が常識外れの収入を得ていることを、改めて自覚し舞い上がった。勧められるままに、馬鹿高い有料ドリンクを追加して、あまつさえ小腹が空いたと言う女たちに、近くの鮨《すし》屋から特上にぎりまで頼んでやった。言われるままに延長を繰り返し、閉店まで飲んで、国分町近くのホテルに泊まり、ノリアキからの電話に起こされて、朝礼が始まる時間ぎりぎりに除染の町に戻った。

午前十時の中休みに、ノリアキが俺のところに歩み寄ってきた。

「二日酔い、きつくないっすか?」

そう訊ねるノリアキの顔色こそ土色だった。確かに二日酔いはきつかったが、底なしに飲んだので、前の晩は悪い夢も見ずに、ノリアキに電話で起こされるまで熟睡した。

大金を手にすると決まってから、毎晩のように悪い夢に魘《うな》されていた俺だった。ガソリンの火に包まれて燃え焦げるおやじさんの夢だ。顎《あご》が外れたように口をいっぱいに開いたおやじさんは、何かを言いたげに、俺に向かって、黒焦げになった細い腕を伸ばすのだ。そして傍らには、刺された腹から血を流す純也が、これも何かを言いたげに、俺を見つめている。そして俺の周囲には、俺のものである札束が転がっている。そんな夢だ。

しかし俺は、最初の金を確かに手に入れた。そしてそれは、これからも続くことなのだ。除染が終われば、中間貯蔵施設への移送が行われる。除染作業を行っている現地の仮置き場には、除染の成果である黒いトンパックが、文字通り、山と積まれている。何千袋という単位ではない。何万袋も、いや何十万袋も、だ。その中間貯蔵施設の、造成工事も控えている。除染廃棄物だけではない。原発本体からの、高線量汚染廃棄物を格納処理する施設も必要だ。

政府は発表した。中間貯蔵施設は、福島第一原発を取り囲む形で双葉町、大熊町に整備するが、最終処分施設は福島県外に整備すると。誰がそんなことを信用するだろう。中間貯蔵施設の保管期限は三十年と発表されている。三十年後、原発関連廃棄物は、福島県外に設置される最終処分施設に移送される。三十年後だ。俺もそろそろ引退を考える年齢になっているだろう。しかし果たして、それを決定した環境省の役人や、政府のお偉さん方は、その時まで生きているつもりなのだろうか。

少なくとも福島県民である俺たちは、中間貯蔵施設が、そのまま名前を変えて、最終処分施設になるのだろうと諦めている。つまりフクシマは、これから先もフクシマのままなのだ。福島に戻ることはもうないのだ。

うつくしま、ふくしま

福島県のキャッチコピーだ。今は虚しい。ちなみに、中間貯蔵施設が設置される双葉町のそれはこうだ。

人と心のエネルギー・未来をひらく双葉町

核燃料をエネルギーとして生み出された電気は、余さず東京に送電された。双葉町どころか、福島のどの灯りも照らしてはいない。しかし、と俺は考える。原発行政が足踏みを続け迷走する限り、そしてその場しのぎの将来を語る限り、俺の仕事は継続する。ノリアキの会社のコーディネーターとして、共に歩み続けることができる。

純也は馬鹿だと思う。金の卵を産む鶏の腹を裂こうとした大馬鹿野郎だ。俺はあいつの轍《てつ》は踏まない。目先の金に右往左往せずに、長い目で稼いでやる。

「どうしたんっすか。考え事っすか」

ノリアキに声を掛けられて我に返った。

「ああ、ごめん。ちょっと昨日、呑み過ぎたかな」

「そうじゃないかと思って、代わりを用意してきました」

「代わり？」

「一斑の班長の中井です」

ノリアキが後ろに立った青年を紹介した。青年が礼儀正しく頭を下げた。

「使い捨ての作業員ではないっす。うちのれっきとした社員です。彼に、木島さんの代わりに職長をやらせます。今まで気が付かなくて、申し訳なかったっす」

もう現場に立つ必要はないとノリアキは言った。

「そうは言っても、現場を完全に離れるのは差し障りがあるんで、俺と一緒に朝礼会場に詰めて貰えませんか」

朝礼会場の奥には、背の高いパーティションで区切られた一角があり、各作業チームごとに割り振られたデスクが並んでいる。職長室と呼ばれているそこで、俺に時間を潰せということか。どうせ立っているだけで、作業のことはほとんど流れも把握していない俺だ。どこにいても、さして変わりはないのだろう。ノリアキの申し出を受け入れて、午前の中休みの時間に、自分の居場所を朝礼会場に移した。自分専用のデスクを貰い、さて何をするかとなったが、何も思いつかない。座っているだけだ。ノリアキは、難しそうな顔で、ノートパソコンに向かって資料を作成している。ノリアキだけではない、この空間にいる人間は、全員がそれぞれのノートパソコンに向かって、何か資料を作成している。

「何かすることはないかな」

居心地の悪さを覚えた俺は、間抜けな質問をノリアキに投げ掛けた。

「あっ、すみません。木島さんのパソコンは宿舎ですか？」

悪いがパソコンは持っていない。以前は使っていたが、携帯をスマホに変えてから、ほとんど用無しになって、地元を離れるときに処分した。リサイクルショップで、二百円で買い取ってくれた。もちろん以前使っていたころも、資料など作ったことはない。主にはネットサーフィン用だった。

ノリアキに持っていないと伝えると、今夜会社に寄って、余っているノートパソコンを持ってきてくれると言った。時間潰しに必要だろうと、好意を受け取ることにした。それにしても時間が経つのが遅い。何度も時計を確認する俺に気を遣ったのか、ノリアキが言ってくれた。

「今日はこれで上がりますか」

「でも、まだ四時前だし……」

「一時間や二時間くらい、早く上がっても大丈夫っすよ。退勤処理は俺がやっておきますから」

手を差し出したノリアキに、首から下げたガラスバッジを渡した。

「今夜は仙台泊まりですよね」

「ああ、またブンチョウあたりのホテルを探して泊まるよ」

クラッチバッグの金は、昼休みに銀行に出向いて、四百万円を預金した。前の金と合わせて、銀行預金は六百万円を超えている。そして手元には、まだ三十万円くらいの現金が残っている。

「ホテルが決まったら連絡ください。またモーニングコールさせて貰います」

その夜も俺が酔い潰れることを見越したようにノリアキが言って、ノートパソコンに目線を戻した。

このままでいいのだろうか。磐越自動車道を、仙台へと車を走らせながら考えた。難しいことを考えたわけではない。今までのようにウジウジとする気持ちもなかった。俺が考えたのは車のことだ。乗っている車が、あまりにもしょぼ過ぎる。これから毎日片道八十キロ近い道のりを通うのだ。もう少し楽な車に乗ったほうがいいのではないか。ノリアキが乗っているハリアーも悪くない。もっといい車を買おうと思えば、買えなくもない。地元にいるとき、避難民が高級車に乗っていることに、苦々しさを感じていた俺だが、確かに金に余裕ができると、そんな車も欲しくなる。

ほかにも考えたことがある。マキ。昨夜も店が終わったら、俺を訪ねてホテルに来たいと言った。ノリアキが一緒だったので断った。しかし可愛い女だった。まだ二十歳という年齢のまま、幼さの残る面立ちだが、ちょっとした仕草に、男心をそそられるものを感じる。

　ふと思い付いて、ハンドルを握ったまま、作業服の胸ポケットからスマホを取り出した。ワンコールでマキが応答した。

「今夜、何か食べに行かないか？」

「えっ、それって同伴ってことかな？」

「あんまり詳しくないけど、そういうこともできるんだろ？」

「やったあ。何時、何時なの。何時にどこで待ち合わせる？」

「今夜泊まるところ、まだ決めてないんだよね」

「そんなのマキんちに泊まればいいっちゃ」

　思わず言葉に詰まった。軽すぎはしないか。この女、大丈夫なのかと疑った。少女の面影を残すおぼこい女にしか見えないマキだが、まさかの美人局《つつもたせ》ではないだろうな。アホ面を下げて部屋に行ったら、怖いお兄さんがいるんじゃたまらない。

「そのほうがお互いに楽でしょ。明日の朝ごはんも作ってあげられっし」

　積極的に押してくる。勢いに負けそうになったが、泊まりの申し出をはぐらかして、とりあえず前の夜と同じ駐車場に車を停め、マキが指定した焼肉屋で合流することにした。

約束した焼肉屋に着くと、マキが入り口脇の植え込みの陰で待っていた。

「待たせた？」

「ううん。私も今来たところですっちゃ」

時間はまだ六時前で、ブンチョウに西陽が射し込んでいる。明るい場所で見るマキは、透き通るような肌が綺麗な、いまさらだが、確かに若い娘だった。焼肉屋に入って俺はビールを、マキはウーロン茶を注文した。単品は面倒だったので、特選コースを二人前オーダーした。メニューを店員が下げるとマキが嬉しそうに言った。

「ちゃんとお部屋の掃除をして、ジュン君の洗面道具も揃えたからね」

電話をしてから一時間も経っていない。

「家は近いの？」

「うん。歩いて五分くらいですっちゃ」

「マンション？」

「でもないっちゃ。メゾン国分町という、どちらかと言えばアパートかな」

「泊まりに行っても大丈夫なのかな。誰か来たりしない？」

「大丈夫だっちゃ。私、ここの人じゃないから」

「仙台じゃないのか」

「石巻だよ」

行ったことはないが、確か仙台から五十キロくらい北の町だ。津波被害が甚大だった場所で、東日本大震災最大の被災地と呼ばれていたはずだ。三千人近い市民が津波の犠牲になった。そこに住んでいたのか。

「私は、仙台の学校に通っていて、あの時間、石巻を離れていたから無事だった」

彼女が口にしたのは、東北を代表する国立大学だった。私は？　どういう意味だろう。私以外は大丈夫ではなかったのか？　訊こうとしたが、注文した焼肉の皿が運ばれてきた。

まずは塩タンを食べた。レモン汁で口中がさっぱりした。焼肉屋だが、さすがに牛タンが名物の仙台だ。次にカルビを焼いた。タレが強烈だった。いや美味いのだが、ニンニクが利いている。心配になってマキの顔を覗き込んだ。口一杯にカルビを頬張って、嬉しそうに食べている。

「ん？」

俺の目線に気付いて、マキがカルビを頬張ったまま首を傾げた。

「すごくニンニクが利いてるね」

「ん、ん、ん」

会津郷土玩具の赤べこみたいに頷いた。堪らなく可愛い仕草だった。ウーロン茶で、口の中のものを喉に流し込んで言った。

「ニンニクが利いているので有名な店なの。ここの焼肉大好きなんだけど、実は食べちゃダメなのですっちゃ」

「どうして?」

「お店の決まり。ニンニクぷんぷんは、拙いでしょ。だから休み日以外は食べちゃダメなの」

「今日は平日だけど?」

「だって今夜は、ジュン君がラストまでいてくれるんでしょ。それに一緒に帰らないと、アパートの場所がわからないっちゃ」

まだ泊まると明言したわけではないのに、完全にその気になっている。警戒する気持ちはあったが、店でドレスを着ている時とは違う、マキのあどけなさみたいなものにも、かなり惹かれるものを感じていた。そしてその夜、深夜、マキに案内されたのは、ブンチョウ裏の二階建て、2DKの簡素なアパートだった。そこで俺は意外なものを目にした。

仏壇――。

そんな大きなものではなかったが、ちゃんとした仏壇だった。帰るなり、マキはその前に膝を揃え、線香を点して手を合わせた。家族と思われる写真が飾られていた。額縁の色が黒だった。中年の夫婦らしき二人は両親か。丸坊主で学生服を着ている男子は弟だろうか。——私は無事だった。マキが言った言葉が蘇った。

「家族なの？」

手を合わせ終わったマキに遠慮がちに訊いてみた。

「うん、そう。私以外、全員が津波に浚《さら》われたの」

硬い表情でマキが言った。

マキの話によれば、三人の遺体は未だ発見されていないらしい。発災から一年近く、避難所暮らしをしながら、遺体捜索があるたびに浜に足を運んだ。遺体の発見を願い、最後には、せめて遺品だけでも発見されないかと期待したが、願いは虚しく徒労に終わった。海に手を合わせて、祈り続けた一年だった。

諦めて、発災の一年後に弔慰金《ちょういきん》を申請して、その金で仙台に住む場所を得た。その金で大学も続けられたと語った。淡々とした口振りだった。いくら貰ったのだろうと興味は湧いたが、さすがにそれを訊けるほど無神経にはなれなかった。

「でも、ばれちゃいましたね」

マキが苦笑した。

「何が？」

「だっておかしいでしょ。震災当時大学生なら、今、二十歳のわけはないっちゃ」

言われるまで気付かなかった。確かにそうだ。しかしそれは何の問題とも思えなかった。語尾に「っちゃ」と口にするのも、ぶりっ子を装うアニメのキャラクターの真似ではなく、石巻弁なのだと、それは店で、マキの友達のミカに教えて貰った。マキは東北随一の国立大学を卒業しているのだ。そこらへんの、浮かれた軽薄女とは根本から違う。

マキがお茶を淹れてくれた。小さな座卓を挟んで向かい合った。

「少し話をしていい？」

相手の問いに俺が肯いて、マキが語り始めた。

マキが大学で専攻したのは社会心理学で、その流れで卒業前から、津波遺族のカウンセリングをボランティアでやっていたらしい。主には遺体捜索で顔見知りになった遺族を訪問していて、それは今も続けている。特に自分と同じ、身内の亡骸が見つかっていない遺族のカウンセリングをしているそうだ。

「だから最初にジュン君と会ったときに、この人もそうなのかなって思ったの」

「そうなのかなって？」

「ジュン君――」

マキが真剣な目で俺を見詰めた。まっすぐな視線だった。

「最近、大事な人を亡くしていない？」

思わず背筋が冷たくなった。おやじさん。そして純也。黙り込んでしまった俺の態度を肯定と判断したのか、マキが優しく笑った。

「そんなボランティアを長くやっていると、何となくわかるんだよね」

そのうえで、この人には救けが必要なのだと思ったらしい。放っておけないと。そう思わせるくらい、俺が抱えている喪失感が深刻に感じられた。確かに俺は、喪失感に苛《さいな》まれていたのかもしれない。特に純也の仕事を引き継ぐと決まってから、毎晩のように、おやじさんと純也の夢を見てうなされている。五百万円を受け取ると決めてからは、よりその夢が生々しくなった。自分の内面に落ち込んでいく俺を置いて、マキが言葉を続けた。

「原発の仕事をしていて、収入が月に三百二十五万円とか、五百万円とか。いくら原発の仕事をしているからって、それって不自然でしょ。特別なスキルとかがあって、その報酬を得ているのだったら、わからないでもないけど、どうもそんな風には見えないし、だったらほかに考えられるのは、あなたが失った人の命と、あなたが得ているお金が、関係しているってことくらいだよ」

図星を突かれた。

「――似ているんだよね」

「似ている？」

「私も、そう。私も含めて、亡骸が見つからない身内を死亡認定して、弔慰金を受け取った遺族と似ているの」

マキが目を伏せて言った。

「全員がそうというわけではないけど、自分がね、お金のために、身内の命に終止符を打ったみたいな気持ちになって、罪悪感に苛まれるの」

いや違う。少なくとも俺の場合は違う。俺は終止符を打ったのではない。隠ぺいすることで、二人の死を金に換えているのだ。罪悪感の質が違い過ぎる。その罪悪感に毎夜毎夜うなされる俺なのだ。

「でも、遺族を苦しめたのは、罪悪感だけじゃなかった。新潟中越地震、熊本地震。東日本大震災を挟んで、ほかの地域でも、大きな地震災害があったけど、東日本大震災ほど高額な弔慰金は支払われなかった。法律で定められた額だけじゃなくて、東北には莫大な義捐金が流れ込んだからね。それを論《あげつら》って、私たちは甘やかされていると、中越や熊本の人ではなく、同じ三陸の被災者から言われたりもした。おまえは恵まれているって。身内を亡くして、何が恵まれてんだよって、思ったけど何も言えなかった。三人が生きていてくれさえしたら、ほかの人が百人死のうが、十万人死のうが、私には関係ない。あの三人さえ生きていてくれたら……」

遺族間の軋轢《あつれき》も生じた。世帯主が死亡した場合は、法が定める弔慰金の算定が五百万円から行われる。それが基礎額になる。しかし配偶者控除の対象外となる収入を得ていた場合は、基礎額が二百五十万円に減額される。どうして命の値段に差があるのだと、遺族同士にも溝《みぞ》が生まれた。

「震災関連死の問題もあった」

マキの話が止まらない。震災関連死ということは、直接震災で死亡したのではなく、その後に死亡したケースか。

震災関連死に関しては弔慰金が支払われなかった。そんな不平等、不満を嗅《か》ぎ付けて、訴えるべきだと、弁護士たちが被災地に乗り込んで来た。子供の死亡も同じ。学校や教師の責任を問い、それを管轄する地方自治体に、賠償金を支払うよう訴えるべきだと遺族を焚《た》き付けた。そんな流れに、多くの被災者は翻弄された。やっかみ、誹謗中傷、モラハラ。心無い言葉に、身内を失った被災者はズタズタにされた。

福島だけではなかったのか。マキの話を聞きながら、俺は言葉を失った。悲劇は金になる。そういうことなのか。そして金を受け取った人間は、周囲の冷たい視線に晒《さら》される。本来は同情されるべき人間なのに、冷たくされるのだ。その構造は、福島と何ら変わらない。

「震災から二年目に、高校のクラス会があった」

マキが言った。

「同じクラスで犠牲になった人がいて、震災以降は控えていたんだけど、いつまでも震災を引き摺っていないで、前を向こうって案内状に書いてあった」

その言葉に背中を押されて、マキもクラス会に出席した。そのころにはもう、石巻から仙台に転居していたので、懐かしい友人と会えるという期待もあった。

「一次会は普通に終わった。様子が変わりだしたのは、二次会の途中から。大学に進学するより、就職した子のほうが多かったんだけど、彼らは、経済復興が進まないのに、苛立っていた」

そのうちの何人かが、身内の弔慰金を得た同級生をやり玉にあげ始めた。婉曲《えんきょく》ではあったが、自分にもそんな金が入っていればと、聞こえよがしに言った。

「久しぶりなんだから三次会に行こうとなって、でも、弔慰金を貰っていた人たちは、空気を察してみんな帰ってしまったの。私も帰りたかったけど、私まで帰ったら、何か逃げているみたいに思われるのが厭で、私は付き合った」

結局五人の男子と、女子ではマキだけが、三次会に流れた。カラオケボックスに席を移したその三次会が、荒れた。

「かなりお酒が入っていたこともあるだろうけど、私は弔慰金をいくら貰ったのだと、責めるように問い詰められたの。仕方なく金額を伝えると、私を問い詰めた男子に、大声を張り上げて怒鳴られたの。嘘を言うんでねぁ。桁ひとづ違うべ、って」

周りの人間もそれに同調した。正直に言えと責められた。

「いいよなあ、三人も死んでぐれだんだべ」

呟くように言われた信じられない言葉に、背筋が冷たくなった。そしてその言葉に、ほかの人間が反応した。

「だよな。結局、人間いづがは死ぬんでねぁ。津波で死んでも、事故で死んでも、病気で死んでも、遺族の悲しみは変わらねぁ。それなのに、津波で身内が死んだ遺族だけ、金貰えるって、どいなごどよ」

「石巻だげで三千五百人ぐらい犠牲になってんだべ。その遺族一人ひとりに弔慰金払ったら、総額でなんぼになるんだっちゃ。その金を復興さ使ったら、もっとどうにがなってだよなあ」

「だいでえ自分の身内の死亡が、金になるづう発想がおがしいわげよ。みんな同じ被災者でねぁの。ほいな不平等されだら、しらげるねぁよ」

「震災後の一年で、石巻の人口は、一万人以上減少してるんだ。ほいな不平等されて、故郷を見限った人間の気持ぢもわがるよな」

「まあ、どごがの誰がさんみだいに、弔慰金で大金貰って、仙台さ住んでる人もいるげどよう」

そして終《つい》にはこんなことまで言われた。

「おらだづ石巻さ残って、故郷の復興のだめに汗を流してる人間どしては、地元を見限って、安穏ど暮らしている人間に、一言謝ってほしいよね」

カラオケボックスの床に土下座させられ、マキは頭を擦り付けて、かつてのクラスメイトに謝った。

「何なんだよ、それ。まともな人間のやることじゃねえな」

俺は思わず呻き声を漏らしていた。マキが寂しそうに笑って、首を横に振った。

「そうじゃない。震災から二年が経って、みんな将来のことを考える将来のことを考えるようになっていたんだと思う。でも将来を考えると、進まない経済復興に、みんなようになっていたんだと思う。だから大金を得て、地元から離れた私に、その不満をぶつけるしかなかったんだよ」

そんなクラスメイトを庇《かば》うのか。

俺たちと同じか。酔ってもいないし、カラオケボックスのような閉鎖空間でもないし、ましてやかつての知り合いでもないので、それほどあからさまに、原発避難民に、面と向かって暴言を吐いたことはないが、鬱屈《うっくつ》し、捻《ね》じ曲がった気持ちに変わりはない。

「結局お金なんだよね。私がお金を貰ったのが悪かった。それで人の気持ちが、変わってしまったんだよね」

マキがブラウスのボタンを外し始めた。哀しい目をしていた。

「そういう女だとは思わないでね。あの夜以来、私、壊れたみたいなの。カウンセリングで話を聞くべき相手に、抱かれるようになった。慰めるとか、癒すとかじゃないの。それほど自惚《うぬぼ》れてはいないつもり。私自身が慰められて、癒されたいと思ったのかもしれない。謝りたいとも思った。とことん寄り添う覚悟なら、それも必要かと思って体を開いたの」

マキが右手のひらを猫のように嘗《な》めた。唾で濡らした手で、左腕を乱暴に擦った。何度か繰り返した。

「お店ではわからないように、ファンデーションで誤魔化しているの」

擦るうちに、マキの左腕に、赤黒い筋が現れた。一本や二本ではない。無数とも思える筋が、浮かび上がった。

「リスカよ」

言葉の意味を理解するのに数秒掛かった。リストカット。自傷癖があったのか。

「死にたいと思ったことは何度もある。でもこれはそうじゃない。自分を傷付けていると、その時だけは落ち着くの」

一人の部屋で、カッターの刃を腕に当てて、それを滑らすマキの姿が目に浮かんだ。吹き出る血を、光のない目で見つめながら、この娘は、家族を死亡認定した罪悪感に耐えていたのだ。高額の弔慰金を手にし、そのことで周囲から、特別な目で見られる孤独に耐えていたのだ。

「気持ち悪いでしょ」

寂しそうに微笑んだ。

「そのうえ私は、何人もの人に体を開いて汚れているわ。それでもジュン君が癒されるのなら、抱いて」

俺は両手を床に突いて、「ごめんなさい」と、震える声で謝った。声は言葉にならなかった。それが精一杯だった。その場から逃げ出したかった。今の話を聞いて、マキを抱けるわけがなかった。

「シャワーを済ませてくるね」

躊躇《ためら》いもなく、俺の目の前で全裸になったマキが、浴室に消えた。すぐにシャワーの音がした。マキがシャワーを使っている間に、俺は、仏壇に向かって手を合わせた。一心にマキの家族の冥福を祈った。マキの家族に謝りたかった。大金を摑んで、気が大きくなって、マキを抱く気でこの部屋に、ノコノコ付いて来た自分の下衆さを謝りたかった。

マキの家族にだけじゃない。

おやじさんにも謝りたかった。せめておやじさんに、恥ずかしくない人間になりたいと、強く思った。純也にも謝りたかった。純也のことを、大馬鹿野郎と思った俺のほうが、大馬鹿野郎だった。

いまさらだが、俺は、原発避難民を免罪符にしていたのだと気付いた。ふるさとを失ったと訴えることで、大金をせしめていると、冷めた気持ちで見ていた。尊敬する人物と、幼馴染の親友を失った俺が、同じように大金を得て何が悪い。そう無理やりこじつけて、自分を納得させていた。しかしマキは、弔慰金を受け取った罪悪感に、精神まで病んでしまったのだ。それだけの想いが俺にあったか。原発避難民の喪失感を、想像する思いやりが、俺にあったのか。原発乞食とは俺のことではないのか。

シャワーを終えたバスタオル姿のマキに、服を着るよう頼んだ。仏壇に手を合わせながら、俺は決心していた。このままではいけない。

「座ってくれないか。俺の話も聞いてくれ」

朝まで掛かって、マキにすべての経緯を話した。聞いて貰った。朝になって、除染作業の朝礼会場に出勤する俺を、マキが見送ってくれた。

「待ってるっちゃ」

それが彼女の見送りの言葉だった。

朝礼が終わった後で、朝礼会場の駐車場の隅にノリアキを呼び出した。

「この仕事を降りたいんだ」

前置きなしに結論を言った。ノリアキが眉を顰《ひそ》めた。もちろん「はい、そうですか」で終わる話だとは思わなかった。

「貰った金は今日にでも返す」

先を言おうとしたが、遮《さえぎ》られた。

「いきなりっすね。どうしたんっすか」

「ノリアキが期待するような力は、俺にはないんだ」

そう言ってから、俺自身が、自分を過大評価していたことを打ち明けた。電力に太いパイプなどない。大金に舞い上がっていただけなのだと。

「三千万円はどうします。あの時、同席しましたよね」

やっぱり話がそこに行くか。

「俺にそんな金はない。しかしこの現場が続く限り、俺は職長を務める。俺が貰う予定だった毎月の金で穴埋めしてくれないか。半年間以上現場が続けば、穴埋めはできるだろう」

仙台から向かう車中で考えたことだった。

「三千万円の損を与えたから三千万円返す。それで済む問題だと思いますか」

ノリアキが凄んだ。しかし俺の決意は固かった。

「だからこの現場が続く限り、職長として留まると言っているじゃないか。職長でなくてもいい。作業員として働いてもいい。半年だ。半年を超えれば、三千万円を超える金額になるじゃないか」

一年くらいは続くと観測を言ったのはノリアキだ。

「参っちゃったなあ」

ノリアキが頭を抱えた。

「木島さんが離れたら、うちアウトっすよ。この次は絶対にない」

「絶対とは言えないだろう」

「言えますよ。俺、所長怒らしちゃったですもの」

ノリアキがゼネコンの所長を怒らせたというのは初耳だった。

「何があったんだ?」

「例の三千万円っすよ」

「三千万円が？」

話が見えなかった。

「次の日に、所長に呼び出されて突き返されました。舐めるなって、すごい剣幕で怒られました」

こいつ、自分で何を言っているのかわかっているのか。呆れた。ついさっきまで、その三千万円で俺を脅していたことを忘れたのか。どちらにしても俺は三千万円を負債に思う必要はないわけだ。だったらこの場でこの現場を放棄しても構わないのだ。

「榊《さかき》さんが言ってました」

あの榊か。

「榊さんが、何て言っているんだ」

「木島さんに付いていけば、電力関係の仕事に取り零《こぼ》しはないって」

「榊さんが、どんなつもりで、おまえにそれを言ったのかはわからないが、それこそ過大評価というものだ」

「榊さんだけじゃないんっす。関口さんとかいう人とも会いました。名刺の肩書は調査役でしたが、ネットで調べたら電力の取締役です。貫録のある人でした」

「関口さんと会った？」

「ええ、榊さんに東京に呼び出されて、ステーションホテルのロビーで会いました。ケーキセットが三千円以上もするロビーです。そこで榊さんと話しているところに関口さんが来て、ほんの五分くらいですけどね、木島さんをよろしく頼むって」

あの関口がわざわざ足を運んだのか。それは俺を評価したということではなく、俺の口封じを確かなものにするためだったのではないか。

どちらにしても俺の決心は変わらない。この奔流の外に出ない限り、俺の人生に安寧はない。おやじさんにも純也にも、許して貰えない。罪悪感に苛まれながら、生きていかなくてはならないのだ。

「あの人たちは、木島さんのスキルどうこうよりも、木島さん本人を気に入っているみたいでしたよ」

気に入っているのではないだろう。どうやっても俺の口を、そしておやじさんの死を、封じ込めたいのだ。ここから抜け出すためには、あの連中と対峙するしかないと思った。

「わかった。俺から榊さんなり関口さんに話をするよ。俺は外れるけど、ノリアキを俺の代わりに面倒見てくれとお願いしてみる」

「お願いしてみる、ですか。あんな人たちに会って、お願いできるなんて、やっぱり木島さん、力があるんじゃないですか」

まだ未練たらしくノリアキが言う。これ以上話し合っても無理だと判断した。榊の名刺はまだ持っている。とりあえず榊に当たることにした。

ノリアキの見ている前で、財布から榊の名刺を抜き出して、榊の携帯に電話を掛けた。すぐに榊が応答した。

「どうした?」

いきなり不愛想な声で訊かれた。

「会って話がしたいんですけど」

「何の話だ」

「除染現場のことです。あなた方が余計なことを吹き込んでくれたおかげで、俺、身動きが取れなくなっているんです」

「込み入った話のようだな」

「ええ、かなりね」

「今夜仙台に行く。前のホテルで会えるか」

「仙台駅前のホテルですね。何時ごろ?」

「こっちの仕事を片付けてからになるから、二十時でどうだ」

「わかりました。ロビーで待ちます」

了解すると通話が切れた。

「電話したらすぐに会って貰えるんだ。しかも相手がわざわざ足を運んでくるんでしょ。やっぱり凄いじゃないですか」

ノリアキが感心した。目を輝かせている。

「俺なんか、東京に呼び出されて、東京駅のホテルで一時間も話さずに、とんぼ返りっすよ。ロビーのコーヒー代もこっち持ちだったっす」

盛り上がるノリアキを無視して言った。

「そんなわけだから、今日はこれで上がる」

「ええ、どうぞどうぞ」

ノリアキが上機嫌で答えた。

「短い間だったが世話になった」

まだ何か言いたげなノリアキに、ガラスバッジを渡して背中を向けた。

榊と待ち合わせたホテルに向かう前に、マキのアパートを訪れた。

榊と会った後は、もし長引けば、漫喫に泊まるつもりにしていた。もう仙台に足を運ぶこともないだろう。だからマキに、お別れを言っておきたかった。もうマキのいる店に通える身分でもない。残念にも思えるが、大袈裟に言えば、俺は俺の人生を取り戻さなくてはならないのだ。

玄関ドア横の呼び鈴を押すと、すぐにマキが応答した。出勤前の、Tシャツにジャージズボン姿のマキだった。化粧もしていなかった。自然、俺の視線はマキの左腕に止まってしまう。陽の明かりの下で見ると、何かそこだけ違う生き物のように盛り上がった、無数の、鈍くテカる傷跡が、痛々しさを通り越して、醜悪にさえ感じられた。マキの左腕から視線を剝がし、お別れを言いに来たと告げた。

「どうして？」

目を丸くしてマキが問い掛けてきた。表情が昏《くら》かった。捨てられた子犬を思わせるような表情だった。

「俺はもう、高額所得者じゃないんだ」

自分で言っておいて、その現実を情けなく感じた。そういう問題なのか。違う気がしたが、また逆に、その言葉が今の俺を一番適切に表しているようにも思えた。

「今日を最後に仙台に出てくることもない。あと一年ばかし、除染の作業員宿舎で頑張って、それから地元に帰るつもりだ」

地元の町も、あと一年もすれば平常運転に戻っているだろう。つまらない時間だけが、砂時計のように流れていく日常の町だ。そこで変わりばえのない毎日を過ごしながら、俺は歳を重ねていくのだ。

「昨日話してくれたみたいに、原発の仕事は全部断れたの？」

「これから仙台で人と会って、始末をつける。それで全部終わりになる」

「そのあとは、もう会えないの？」

「だから俺は、マキに会えるような人間じゃないんだ」

収入という意味でという言葉は呑み込んだ。それを言ってしまうと、ほんとうに惨《みじ》めになる。どうして世の中は、こんな風にできているんだろう。金がすべてだとは思いたくはないが、残念なことにすべてなのだ。副収入がなくなれば、仙台まで会いに来ることさえ難しくなる。ガソリン代のことも考えるような生活をしなくてはならないのだ。たとえ無理をして会いに来ても、マキをそれなりの店に、食事に連れて行くこともできない。

マキが続けているカウンセリングは無報酬で、石巻に向かう足代も、現地での宿泊代も、全部自腹で賄《まかな》っているらしい。夜中や明け方に電話があって、相手が「死にたい」とか言ったら、タクシーを飛ばして駆け付ける。駆け付けてみれば、ただマキの身体目当てに、そんなことを口にした男もいるようだ。弔慰金を使い果たした人間を、それはパチンコや酒で浪費しただけなのだが、そんな人間にさえマキは、わずかながらでも、経済的な援助をしているらしい。少しは自分のことも考えたほうがいいと言ったが、マキは首を横に振った。

「違うの。何かで埋めないと生きていけないの」

昨夜そう言われて、何も言い返すことができなかった。

まだ何か言いたげなマキに背を向けて、アパートを離れた。マキはドアを開けたまま、無言で俺を見送ってくれた。

榊との約束の時間まで、勾当台《こうとうだい》公園のベンチで時間を潰した。マキのことを考えた。あの子は病んでいる。津波に今も苛まれている。東日本大震災から五年以上の年月が経過し、それでも心の闇を引き摺っているのは、フクシマの人間だけかと思っていた。原発災害によって、住み慣れた故郷を追われた原発避難民、それを受け入れた市町、そして相互の心の闇を増長した原発補償金、そんなことが起こっているのはフクシマだけだと思っていた。

しかしあれだけの大災害だったのだ。フクシマ以外の被災地でも、未だに、心を病む人間がいても不思議ではない。そんなことにさえ俺は気付かなかった。マキの力になりたいとも思った。思ったが、今の俺にできることは何もない。

金さえあれば――。

考えはすぐにそちらに転がろうとする。それしか考えられない時点で、自分がマキを救うことはできないとわかるのだが、どこか明るい土地に、たとえば沖縄とかだ、外国でもいい、明るくて陽気な土地にマキと旅行して、慰めてやりたい。忘れさせてやりたい。そんな風に俺は考えてしまう。

実際に昨夜、それをマキに提案してみた。今ならまだ、ノリアキに五百万円を返したとしても、それくらいの金なら持っている。

「ありがとう」

マキは言った。「でも、忘れてはいけないの。それは許されないことなの」そう言って俺の申し出を退けた。

忘れることが許されないなど、どんな心境なのだろうか。忘れるどころか、マキは自分の傷口を広げ、血が流れるそれに、自ら塩を擦《す》り込んでいる。

スマホが鳴動した。榊かと思ったが違った。登録されていない番号だった。

「もしもし」

――あっ、木島さんですか。いつぞやはどうも。仙台の赤崎です。純也君に聞いていた番号が変わってなくてよかった。

「どうかしましたか？」

――ちょっと気になることがありましてね。

「気になること？」

――さっき、榊とかいう人から電話がありました。

「榊さんがどうして赤崎さんに？」

――確認ですよ。前にお渡ししたコピーの件で。

おやじさんの遺書のコピーか。

――まさか、また何か企んでいないだろうなって。もちろん企んでなんかいないって答えました。原発絡みはもうこりごりです。

「確認されたのは、それだけ？」

――ええ、確認はそれだけでしたけど、木島さん、あの人知っていますよ。

「知っているって、何をでしょ？」

――木島さんが、国分町に馴染みの女がいるってことをです。

監視されていたのか。それともノリアキのリークか。

――その女絡みで金が要るんじゃないかって、まあ、純也君のこともあるので、わからないでもないですけど、ずいぶんしつこく訊かれました。大丈夫ですよね。変なこと考えていないですよね。

「心配しないでください。でも、連絡を頂いたことには感謝します」

それでも心配げな赤崎に、再度心配しないでくださいと断って、通話を終えた。

スマホで新幹線の時刻表を確認した。今の時刻は、十七時五十二分だ。片付けなければいけない仕事があると言った榊が、指定した待ち合わせの時刻は二十時だった。そろそろ新幹線に乗るころかと思って、画面を消しかけて、奇妙なことに気が付いた。そのまま時刻表画面をブックマークした。


指定されたホテルのロビーの喫茶室で、向かい合った榊が大きな息を吐いた。俺の話を厳しい顔で聞き終えた榊だった。

「関口さんは、きみのことを高く評価している」

言葉短く言った。

「一度しか会っていない俺をですか？」

「関口さんが、きみの何を評価して、そう感じているのか、ぼくにはわからない。聞かされてもいない。しかしきみは評価されている」

「今となっては有難迷惑です」

やれやれと言わんばかりに、呆れ顔で榊が首を小さく横に振った。アイスコーヒーに口をつけて、飲み干した。

「それで、きみはどうしたいと言うのだ」

「さっきから言っているように今の除染の現場から、即刻退場させてもらいます。そのあとは、俺に構わないでほしい。そしてノリアキの会社が、これからも原発絡みの仕事を受けられるよう、応援してやってほしい。それが俺の望みです」

こちらの申し出を噛み締めるように、榊が黙り込んだ。

「それはできない」

ぽつりと言った。

「なぜできないんです。俺はあなた方の操り人形じゃない。自分の意志を持った、人間なんですよ」

「それは違うな」

冷たい声で否定された。

「きみには責任がある」

「責任？　おやじさんを殺した責任ですか。親友の純也の、暴走を止められなかった責任ですか」

「そうではない。選ばれた責任だ」

「意味がわかりません」

「現在この国は、原発事故収束という大きな課題を抱えている。たくさんの人間が、その目的を達成するために汗を流している。そしてきみはそのうちの一人に選ばれた。どうしてきみが選ばれたのか、それはわからないが、選ばれた以上、その責務を全うする責任がきみにはある」

「ちゃんと説明してください。榊さんは、いつもそれだ。肝心なところは、いつもわからないと話を濁《にご》す。それじゃ納得できるわけがないでしょ」

頭に血が昇り始めていた。こんなあやふやな話で済ますわけにはいかない。

「そうか。それならぼくの憶測で話してやろう」

榊がウエイトレスにビールを注文した。ビールが運ばれるまで沈黙した。運ばれたビールを一口喉に流し込んで話し始めた。

「原発事故の収束に関するロードマップは、完全には描けていない。今までも紆余曲折したが、これからも時々で迷走することもあるだろう。そんな状況下で、求められるのは、原発愛だ」

原発愛？　ずいぶんと違和感のある言葉に聞こえた。

「高橋さんにはそれがあった。だから高線量被曝を隠ぺいするために、焼身自殺という道を選んだ。その覚悟に、関口さんは、大変な感銘を受けておられる。メルトダウンという、あってはならない不祥事による逆風の中にあって、それでも原発を推進していくためには、高橋さんのように、崇高な覚悟を持つことが必要なのだと、考えておられるんだ」

崇高な覚悟？　何を美化しているんだ。俺にはそれが、舌触りの良い言葉にしか聞こえなかった。

そこまで言うのなら、関口に死を賭してまでという覚悟があるのか。

原発事故の初期対応に必要な作業員を求めるとき、あんたがたはどう言ったのだ。純也の会社の社長が披露宴で言った。電力の課長も認めた。「死にに行けというのですか」と反論した下請けの責任者に、あんたがたは言ったではないか。「死んでもいい人を送り出してください」と。

それを聞いて、純也は、立ち上がったのだ。あいつにも、その時点では、死を賭してという気持ちがあったはずだ。それだけの覚悟が、関口にあるのか。あんたがたは「死んでもいい人を送り出せ」と言うだけじゃないか。いやそれを言ったのは、電力の課長さんか。それだけ責任感があったということだ。あんたがたには、その言葉を言う覚悟さえなかったのではないか。

もし関口に死を賭してまでという覚悟があったなら、おやじさんの死を、酒に酔った除染作業員の不注意とすり替える必要もなかっただろう。確かに高線量被曝は、おやじさんの不注意であったかもしれないが、それを想定し、事後の対処ができなかったのは、あんたがたの手落ちではないか。どうしてそれを認めない。認めたうえで、素直におやじさんの死を悼《いた》めばいいではないか。

認めれば、さらなる逆風に曝《さら》されたかもしれない。それをあんたがたは懼《おそ》れた。それでも、真実を明るみにすることこそ、覚悟というものではないか。

それに遺書の文言こそ、自分の不注意で蒙《こうむ》った高線量被曝で原発に迷惑を掛けたくないというものだったが、おやじさんは、高線量被曝の末路に怯《おび》えてもいた。単に隠ぺいだけが目的ではなかった。

「その高橋さんの遺志を継ぐ者として、きみは選ばれた」

なおも歯が浮くようなことを榊が言った。

それこそとんでもない買い被りだ。俺は、おやじさんの原発に対する思い入れに共感して、焼身自殺を助けたわけではない。おやじさんの怯えを憐れんだのだ。

「説明が必要なようですね」

俺もビールを注文した。それから俺は、誰だか知らないが、榊と、原発行政に携わる人間とやらの誤解を解きほぐすように、おやじさんと俺との身近にあったことを細かく話した。トロ場のことも、文庫本のことも、二人で食べたヤマメの塩焼きのことも、二人で飲んだ田酒のことも、そしてトロ場でヤマメの腸を引いて岩陰に消えた藻屑蟹のことも、二人の間で何があったのか、細大漏らさず語って聞かせた。そのうえで、あれだけ心を交し合ったおやじさんの亡霊に、毎夜毎夜、苦しめられていることを語った。純也の亡霊にも苦しめられていると。

「そうか」

榊がビールを飲み干した。

「納得していただけましたか？」

「今聞いた理由で納得しろというのは無理だろう。だいたいきみは、月に五百万円の報酬を、たったそれだけの理由で放棄するのか？　不自然じゃないか」

たった？　こいつは何を聞いていたんだ。

「あんたにはわからないでしょ。金じゃあない、金じゃあないんですよ」

「しかしきみの人生で、これだけの報酬を得ることは――」

金じゃないと言っているではないか。

「もういいです。いつまでつまんないことを言っているんですか」

俺の人生まで持ち出されたのでは、我慢できなかった。

「もう、茶番は止めましょうよ」

榊に言ってやった。

「どういうことだ」

言うまいと思っていたことだが、ここまで拗《こじ》れたら言うしかなかった。

「あの朝、俺はあんたからの電話で、純也の死を知らされた後に、赤崎さんを訪ねた。あんたから電話があったのは、十時五分だ。枕元のデジタル時計で確認した。俺がホテルの部屋に戻ったのが、十一時四十五分。これはすぐにテレビを点けたので、間違いない。そして俺がテレビを点けてすぐに、あんたが部屋をノックした」

「何が言いたいんだ」

「あの時あんたは言った。東京から新幹線でわざわざ駆け付けたと。しかし十時五分に東京にいた人間が、十一時四十五分に、俺の部屋をノックするのは不可能だ。時刻表を調べてみればいい」

ブックマークで開いたスマホの時刻表画面を、榊の目の前に突き出した。

「それで?」

煩《うるさ》そうにスマホの画面から顔を逸らして、それでも冷静を装う榊が次を促した。しかし頭の中は、グルグルしているに違いない。

「俺が行く前に、赤崎さんを訪ねた人間がいる。しかし赤崎さんは、面倒に巻き込まれたくないと、玄関脇の小窓を覗く男を避けた」

「その男がぼくだと言うのか」

「あんたは、俺の姿を認めて、赤崎さんの玄関から離れた。電柱の陰にでも身を隠したんだろう。あんたが諦めたと思って、赤崎さんは家に入った。すぐに俺が、赤崎さんの家のドアチャイムを鳴らした」

「どうして、ぼくがそんなことをしなくちゃいけないんだ」

「親父さんの遺書のコピーの回収だよ。純也の死を知ってあんたは、仙台に来たんじゃない。俺と純也が会うことを懸念した関口に頼まれて、俺たちが会った日に、すでに仙台に来ていたんだ。そして純也の死を知って、赤崎さんを訪れた。しかし赤崎さんは、まだ警察で事情を聴かれていた。ということは、あんたは、警察に割り込んで行く力もないということだ。赤崎さんを待ち草臥《くたび》れて、念のため、あんたは、俺に電話を掛けて、俺がおやじさんの遺書のコピーを持っていないか、確認した。上手の手から水が漏れたな。あんな電話を掛けてこなければ、俺があのタイミングで、赤崎さんを訪ねることはなかった。何が組織だ。動いていたのは、あんただけだろ」

榊の顔が明らかに歪んだ。

「きみの推論には抜けがある」

「抜けがあるだと」

「そうだ。きみはぼくが、そのコピーとやらを、きみが持っているかどうか、念のためきみに電話して確認したと言った」

「違うのか」

「ぼくがコピーの存在を知ったのは、あのときさみに聞いてだ。どうしてぼくが、きみに聞くまえに、それを知り得たんだ」

「ふん。語るに落ちるとはこのことだな。純也はな、関口から持ち掛けられていたんだ。コピーを三千万円で買い取りたいとな。関口が知っていて、その使い走りのあんたが知らないわけがないだろう」

ギリギリと音がした。榊が奥歯を嚙み締める音だった。目の前で、眠ってもいない人間の歯軋りを耳にするのは初めてだった。

「関口が先走って、コピーを買い取る話なんかしなければ、おやじさんの事件は、終わっていたかもしれないんだ。それを関口が、安易に金で解決しようとしたから、純也は暴走してしまったんじゃないか。いい加減に気付けよ。あんたらの、その考え方が、何でも彼でも、金で解決しようとする考え方が、どれだけ周りの人間を、不幸にしていると思っているんだ」

「コピーを使う気か？」

「どういう意味だよ。俺がおやじさんの遺書を、どう使うというんだ。さっきあれだけ話したじゃないか。俺がそんなことをするわけがないじゃないか。どうしてあんたらは、そんな哀しい発想しかできないんだ」

おやじさんと俺の付き合いをどう聞いたのだ。俺の気持ちがまるで伝わっていない。そうであるならこれ以上の話し合いは無駄だ。

脇に置いたクラッチバッグをテーブルの上に置いた。

「除染の報酬の五百万円、それから前に関口さんから貰った三百万円の残金が入っている。今の俺の全財産だ」

榊が目を細めて、呻《うめ》くように言った。

「口封じに、きみの身に何かが起こらないとは断定できない」

「脅しかよ。ずいぶん回りくどい言い方をしやがって。純也の件は、突発的な喧嘩が原因の事件だと、今となっては思える。しかし純也を疑心暗鬼に追い込んで、喧嘩に木刀を使わせたのは、あんたらだ。何が組織の監視だ。そんなものはないんだ。あんただろ。監視していたのは、あんたじゃないのか」

血が逆流した。金で丸め込むことができないと知れたら、次は脅しか。

こいつらは、人間を何だと思っているのだ。心の痛みを、だ。原発避難民やマキに比べたら、俺の心の痛みなど、かすり傷程度のものかもしれないが、それでも純粋な痛みなのだ。心に傷を負っているのだ。これ以上負いたくないと、必死にもがいているのだ。

おやじさんとの想い出の場所、トロ場の景色が脳裏を過った。碧の流れだ。

除染現場のすぐ近くに、あんな清流があることなど、こいつは知らない。ましてやそこに棲むヤマメのことも、藻屑蟹のことも知らないだろう。知られないまま、汚染されていると忌避されて、やがては忘れられてしまうのだ。ヤマメや藻屑蟹だけではない。こいつらにとって、原発避難民の孤独も、それを受け入れた住民の心の傷も、もちろん俺の苦しみも、原発事故の収束という大事の前では、道端に転がる小石ほどの重みもないのだ。

「勝手にしろ」

怒鳴りあげて席を立った。

封筒に入れて、ポケットに忍ばせておいたおやじさんの遺書を、封筒ごとテーブルに叩き付けた。それは俺の身を守るものかもしれないが、そんな駆け引きに、おやじさんの遺書を使いたくはなかった。そしておやじさんが、切々と書き綴《つづ》った遺書を、こいつらに読ませてやりたかった。

榊が封筒に手を伸ばすのを横目で見ながら、ホテルを出た。背中を丸めた榊が、テーブルに広げたコピーを前に、スマホを手で覆い、どこかに連絡していた。額に大量の汗が浮かんでいた。覗き込んだコピーに滴《したた》り落としていた。その姿を見て、哀れな奴だとしか思えなかった。

ホテルを出たその足で、俺はマキのアパートに向かった。もう出勤している時間だろうが、せめて書置きでも残しておこうと思った。話はうまくいったと、それは嘘だが、せめて安心させたいと思った。意外なことにマキは在宅していた。夕方前に訪れた時のままの恰好だった。

「店に行かなかったの？」

「ジュン君が、何時に来るかわからなかったから」

「来るとは言わなかっただろう」

「来てほしいと思っていた。ずっと待っているつもりだった」

マキの目が潤んでいる。

「俺なりに考えたんだ」

「うん」

「マキは今のままじゃいけない。辛いことは忘れて、自分の幸せを考えるべきだ。俺と一緒にどこかで二人で静かに暮らそう。金はないが、アパートを借りるくらいの金なら何とかなるだろう。落ち着いたら、二人でどこか、のんびりできる場所に旅行に行こう。海外だっていい。この土地を離れて、将来のことを考えよう」

マキの表情が曇った。首を傾げ、不思議そうな眼差しで俺を見た。

「おまえを助けに来たんだ」

言葉に力を込めて言った。マキの瞳孔が細まったように感じた。

「入って」

そう言って部屋の中に消えた。

靴脱ぎ場で靴を脱いで部屋に上がると、マキが仏壇の前に膝を揃えていた。線香の煙がゆっくりと立ち上っていた。

「忘れてもいいの？」

仏壇に手を合わせたままマキが呟いた。俺に向けられた言葉ではなかった。仏壇の遺影に語り掛けていた。

「私が幸せを願ってもいいの？」

細い喉から、絞り出される掠《かす》れた声だった。仏壇脇の写真立てを手に取ったマキが、なおも遺影に語り掛けた。

「私は、弔慰金を貰うために、あなたたちの死を申請した。お金のために、申請書に三人の名前を書いた。そんな私が、許して貰えるの？」

がっくりと頸《くび》を折って顎を胸に埋め込んだ。それはもはや祈りの姿ではなかった。耐える姿だった。マキは必至で苦悩に耐えていた。

「幸せを願っていいわけないよね」

顎を埋め込んだままくぐもった声で言った。

「許して貰えるはずがないよね」

肩を小さく震わせた。

「何をしているのよ」

突然マキが、金切り声を張り上げた。写真立てを仏壇に返した。

「早く助けてよ。助けるために戻ってきたんでしょ」

それは俺に向けられた言葉だった。

マキが立ち上がって振り向いた。目が血走っていた。目を血走らせたまま、もどかしげにTシャツを脱いだ。シャツに捲《まく》り上げられた髪が乱れた。白いブラジャーが露わになった。片足立ちになって、急かされるようにジャージのズボンも脱いだ。白いパンティーが露わになった。半裸になったマキは、色が白いぶん、余計に左腕の傷に目が行った。

薄ら笑いを浮かべ、マキが虚ろな声で呟いた。

「早く私を助けなさいよ」

第一回　大藪春彦新人賞

作家・大藪春彦氏の業績を記念し、その物語世界を引き継ぐ新進気鋭の作家および作品に贈られる「大藪春彦賞」。主催する大藪春彦賞選考委員会は「大藪春彦賞」第20回を記念し、新たに「大藪春彦新人賞」を創設いたしました。

厳正なる討議の上、応募総数361編の中から「藻屑蟹」赤松利市（応募名・桶屋和夫）を受賞作と決定いたしました。

選考委員は、今野敏氏、馳星周氏、徳間書店文芸編集部編集長。

選評は第一回大藪春彦新人賞受賞作「藻屑蟹」（第一節に該当）に対するものです。

選評

今野　敏

最終候補に残った作品のレベルは高いと感じた。いずれも見所があり、次元の高い選考会だったと思う。

『藻屑蟹』は、筆力と内容の濃さで群を抜いていた。

ダメな主人公がなかなか骨のあるところを見せはじめる一方で、最初好感が持てた主人公の友人が悪人に見えてきたりと、この短い作品の中で、登場人物の印象を変えてみせている。これはなかなかの筆力だ。

福島の原発事故に関わる物語で、さまざまな問題もあろうかと思う。特に、被災者について批判的な面も書かれており、物議をかもす恐れもあるだろう。

しかし、実際にそういう見方があること、そしてそれを小説家が取り上げるということは、事実かどうかはさておき、真実であることに疑いはない。

迷いなく受賞作に推した。

馳　星周

第一回の大藪春彦賞新人賞である。めでたいことだし、どのような作品が応募されてきたのかと胸を昂《たか》ぶらせながら候補作に目を通した。

受賞作の『藻屑蟹』には感心させられた。大震災以降の原発の町のありよう、そこに群がる人間の業をリアルに描いて読む者に溜息をつかせる筆力は相当なものである。

登場人物たちの善悪のありようが途中から入れ替わっていく筋立ても文句のつけようがない。今すぐにでもプロとしてやっていけるのではないだろうか。

記念すべき第一回の受賞作がこのように完成度の高いものであることは、故大藪春彦氏も喜んでいるのではないだろうか。

徳間書店文芸編集部編集長

原発事故後の福島を舞台にした『藻屑蟹』は、ラストシーンが白眉でした。描写力はプロの域に達していると思います。劇的な場面にもかかわらず筆致は抑制が効いていて、作者の人間を見つめる怜悧《れいり》な眼差しを強く感じました。

補償金ビジネスの闇に肉薄しているのも、人間の善悪を炙《あぶ》り出すため。暴露趣味で書かれていないことは明白です。物議を醸すことは想像に難くありません。しかし、リスクを冒してでも世に出さなければならないという使命感を抱くほど、作品力は群を抜いていました。

赤松さん、受賞おめでとうございます。

受賞のことば

赤松利市

ずいぶん以前の話になる。知人に誘われて銀座のバーを訪れた。年配のママさんと、バーテンダーさんだけの、瀟洒《しょうしゃ》なつくりの店だった。丸坊主にしているママさんは、かつて大手新聞社の文芸部にお勤めだった。小説好きの私と話が合うのではないかと、知人が誘ってくれたのだ。いろいろと小説や作家さんや編集者さんの話を聞かせていただくなかで、強く印象に残っている言葉がある。「筆力ってなんだと思う」いきなり訊かれた。「書く力ですかね」とよく考えもせず、思いつくままに答えた。ママさんは微笑《ほほえ》みながら首を横に振った。「筆力というのはね、書き続ける力なんだよ」そう言った。

あの時はそのまま聞き流してしまったが、今は沁《し》みる。小説を書こうと思ってから、日々のことに追われ、一行も書かずに、無為に過ごした五年間をいまさら悔いる。無為に過ごした五年間で、執筆環境は著しく劣化した。アパートにはパソコンすらない。そのアパートも追い出され、路上に寝起きした日々もある。今回の新人賞に応募した際、略歴などを記す応募資料の住所欄には『不定』と記した。正確には『路上』だった。

二年前、このままで終わりたくないと思った。暮らしに必要な金を切り詰め、浅草の漫画喫茶「自遊空間」で執筆してきた。いまも同じ自遊空間に通っている。スタッフの方々と言葉を交わすほどではないが、親密になったと感じる。キーボードなどを変えてくれる心遣いに感謝している。

書き続ければ報われると知った。それを教えてくれた徳間書店のみなさま、予備選考に携われた方々、そして選考委員の今野先生、馳先生、徳間書店文芸編集部編集長、お一人おひとりに感謝したい。ありがとうございます。あなたたちのおかげで、わたしは書き続けることの大切さを知ることができました。たとえ将来、路上に帰らざるを得ないほど困窮しても、日銭仕事に執筆の時間を犠牲にするくらいなら、わたしは、何の躊躇《ちゅうちょ》もなく路上に帰ります。その覚悟を受賞の言葉としたい。

初出：藻屑蟹１　読楽２０１８年３月号掲載　大藪春彦新人賞受賞作
藻屑蟹２～４は電子書籍にて先行配信したものを加筆修正

徳間文庫

藻《も》屑《くず》蟹《がに》

2019年3月15日 初刷
2024年3月25日 6刷

著者 赤《あか》松《まつ》利《り》市《いち》
発行者 小宮英行
発行所 株式会社徳間書店
東京都品川区上大崎三-一-一 〒141-8202
目黒セントラルスクエア
電話 編集〇三(五四〇三)四三四九
販売〇四九(二九三)五五二一
振替 〇〇一四〇-〇-四四三九二
印刷 製本 大日本印刷株式会社

ISBN978-4-19-894447-6 (乱丁、落丁本はお取りかえいたします)